슈바니츠의 햄릿

Shakespeares Hamlet und alles, was ihn für uns
zum kulturellen Gedächtnis macht by Dietrich Schwanitz

Originally published in Germany under the title "Shakespeares
Hamlet und alles, was ihn für uns zum kulturellen Gedächtnis
macht" by Eichborn Verlag
ⓒ Eichborn AG, Frankfurt am Main, 2006
All rights reserved.

Korean translation copyright ⓒ 2008 by Dulnyouk Publishing Co.
Korean edition is published by arrangement with Eichborn AG
through Eurobuk Agency.

이 책의 저작권은 유로북 에이전시를 통한 Eichborn AG와의 독점계약으로 들녘
에 있습니다. 저작권법에 의해 한국 내에서 보호를 받는 저작물이므로 무단전재
와 무단복제를 금합니다.

슈바니츠의 햄릿
ⓒ 들녘 2008

초판 1쇄 발행일	2008년 3월 17일
지은이	디트리히 슈바니츠
옮긴이	박규호
펴낸이	이정원
책임편집	김민지
펴낸 곳	도서출판 들녘
등록일자	1987년 12월 12일
등록번호	10-156
주소	경기도 파주시 교하읍 문발리 파주출판단지 513-9
전화	마케팅 031-955-7374 편집 031-955-7381
팩시밀리	031-955-7393
홈페이지	www.ddd21.co.kr

값은 뒤표지에 있습니다.
잘못된 책은 구입하신 곳에서 바꿔드립니다.

ISBN 978-89-7527-803-7 (03850)

슈바니츠의
햄릿
Shakespeares
Hamlet

디트리히 슈바니츠 지음 | **박규호** 옮김

그리고 이 작품을 문화적 기념비로 만든 모든 것

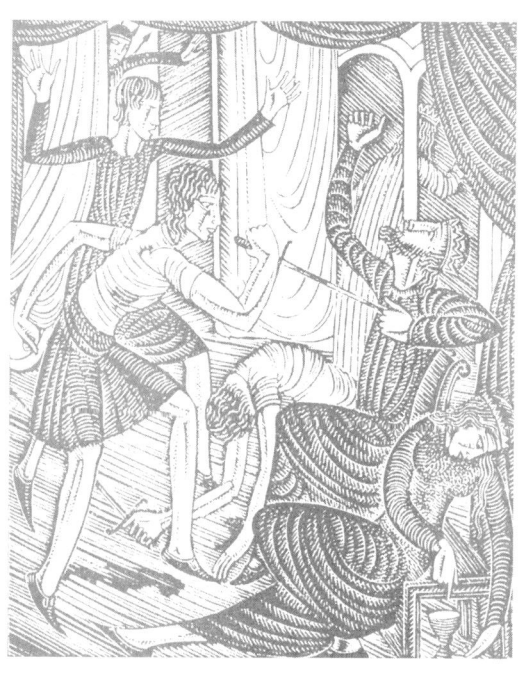

들녘

아리아드네의 실처럼 우리를 인도해줄
슈바니츠의 햄릿

박우수 (한국외대 영문학과 교수)

『슈바니츠의 햄릿』은 '그리고 이 작품을 문화적 기념비로 만든 모든 것'이란 부제가 말해주듯, 「햄릿」을 서구문화의 기념비로 자리매김하기 위한 작업의 결과다. 셰익스피어의 작품은 서구문화에서 가장 으뜸가는 문화자본이다. 때문에 많은 셰익스피어 학자들이 이를 이용하기 위해 매달리고 있는 형편이다. 슈바니츠 역시 예외는 아니다.

햄릿은 셰익스피어가 처음부터 창조해낸 독창적인 인물은 아니다. 어떤 비평가는 햄릿을 서구문학 전통에서 소포클레스의 오이디푸스에 버금가는 현명한 인물로 간주한다. 그러나 셰익스피어는 햄릿을 기존의 역사서와 동시대 극작가가 보여준 인물에서 빌려와 독자적으로 재가공하고 형상화하여, 고뇌와 우수에 찬 창백한 지식인의 전형으로 만들어내는 데 성공했다. 다시 말해 셰익스피어 역시 기존의 문화자본을 이용해 자신의 자산을 불려가고 있는데, 이런 점에서 후대의 셰익스피어 산업과 그 산업에 종사하는 수많은 사람들 역시 원 자본인 셰익스피어의 전범을 충실하게 따르고 있는 셈이다.

슈바니츠는 햄릿을 영국의 비평가 브래들리의 분석에 의지하여 우울증 환자로 해석한다. 햄릿은 매우 예민한 감수성의 소유자로 갑자기 자신에게 닥친 재난, 즉 부왕의 급사와 그에 못지않게 급작스런 어머니의 재혼, 이어지는 오필리어의 배신 등으로 정신적인 균형추를 잃고 좌초하는 인물로 그려진다. 그는 분노와 좌절, 광기에 사로잡혀 세상을 매우 부정적으로 바라보며 인간에 대한 신랄한 풍자를 늘어놓는다. 이 모든 것이 우울증의 결과라고 보는 데 슈바니츠나 브래들리나 이견이 없다. 그렇지만 슈바니츠는 브래들리보다 한 걸음 더 나아가, 햄릿의 우울증을 단지 네 가지 기질의 불안정 탓으로 국한하지 않고 별들의 힘이 인간에 미친 영향까지 추적하여 밝혀낸다. 토성이 지구에 미치는 힘이 사람들에게 우울증을 유발한다는 주장이 그것이다. 슈바니츠는 자신의 주장을 독자들에게 친절하게 설명하기 위해서 부록에서 이를 더욱 구체화하고 있다.

『슈바니츠의 햄릿』은 19세기 영국의 찰스 램과 메리 램 오누이가 쓴 『셰익스피어 이야기』를 모범으로 삼았다. 빅토리아 시대 영국의 어린 독자들을 위해 사극을 제외한 비극과 희극, 후기 로맨스에 대한 흥미진진한 해설을 덧붙였던 이 책과 마찬가지로 슈바니츠는 현대의 독자들을 위해서 셰익스피어의 비극에 대한 자세한 해설을 기획한 것이다. 따라서 이 책은 학생들을 위한 강의록의 성격이 짙다.

슈바니츠는 살인범을 추적하는 추리소설의 명탐정처럼 날카로운 두 눈을 가지고 한 단어, 한 구절도 놓치지 않고 이 비극에 세밀한 해설을 가한다. 망루 초병의 "누구냐?"라는 대사로 시작하는 이 작품은 햄릿의 죽음을 포함해서 여덟 명의 인물들이 무대 위에서 죽어가는 '죽음의 비극'이다. 또한 이 죽음의 근저에 자리한 원인을 파헤쳐내는 '복수비극'이기도 하다. 저자는 20여 년 동안 대학에서 영문학을 강의한 풍부한 경험을 바탕으로 이 복수비극의 전통을 셰익스피어 당대의 입장은 물론 로마의 세네카까지 언급하며 설명한다. 바로 이러한 역사적 감각이 그의 글을 빛나게 해준다.

슈바니츠는 브래들리의 주장대로 햄릿을 우울증에 빠진 인물로 보는 만큼, 그와 마찬가지로 16세기 영국에서 유행하던 우울증에 관한 여러 저서들을 인용하며 자신의 주장을 구체화했다. 티모시 라이트가 쓴 『우울증론』과 로버트 버튼이 쓴 『우울증의 해부』 같은 책들이 바로 그것이다. 이들 저서들은 우울증에 대한 다양한 원인과 증상, 치료방법 등을 제시하고 있다. 특히 라이트의 저서는 셰익스피어의 비극에 영향을 미친 것으로 알려져 있어 햄릿의 변덕스런 성격을 설명하는 전거로 거론되기도 한다. 브래들리는 햄릿의 과단성과 우유부단함, 깊은 상념과 쾌활함, 즉흥성과 심사숙고, 염세주의와 낙천성 등 상호모순적이고 자못 병적인 성격이 우울증의 소산임을 밝히고 있다. 슈바니츠 역시 브래들리와 마찬가지로 햄릿 성격의 다중성을 그의 우울증 탓으로 돌리는 것이다.

그러나 셰익스피어가 창조한 개인의 성격 분석에 치중한

나머지 우울증이라고 하는 역사적 병증을 분석하는 데 소홀했던 브래들리의 한계를 슈바니츠 역시 답습하고 있다. 일본의 근대화 과정에서 서구문물과 급작스레 조우한 일본의 지식인들이 무력감과 우울증을 겪었던 것처럼, 16세기 영국의 지식인 계급이 경험했던 우울증은 초기 근대로 편입하는 과정에서 유럽의 지성이 한결같이 경험했던 문화적 병증이었다. 다시 말하면 중세봉건체제에서 근대의 자본축적기로 이행하는 과정에서, 르네상스 지식인들이 겪었던 정신적 혼란은 바로 우울증이라는 역사적이자 문화적인 병증으로 나타난 것이다.

급작스런 생산양식의 전환은 기존의 계급구조와 그것에 바탕을 둔 사회체제의 변화를 가져왔고, 가치관의 혼란은 인간관계의 변화와 더불어 회의주의와 까닭 모를 무력감, 삶에 대한 권태를 초래했다. 존 던이 묘사한 모든 조응과 통일은 사라져버리고 모든 것이 미혹에 빠져버렸다는 생각이 바로 이러한 16세기 후반의 영국 지식인들이 겪었던 우울증인 것이다. 우울증에 빠진 지식인들은 소위 일군의 불만분자 계층을 형성하였으며, 그들은 풍자문학을 발전시켰다. 존 마스턴과 같은 대학 출신 재사들의 경우가 바로 그러한데, 햄릿 역시 대학 출신 재사의 면모를 강하게 보이고 있으며, 그의 독설 역시 우울증과 관련된 두드러진 현상 중의 하나로 보인다.

  이 책의 가장 큰 장점은 해석에 있어서 독일의 전통을 충실하게 반영하고 있다는 점이다. 여기서 가장 눈에 띄는 것은 햄릿을 지나치게 예민한 감수성의 소유자로 보는 것이다. 그렇게 해석한 대표주자가 바로 괴테이다. 괴테에 따르면 햄릿은 여린 마음의 소유자로 아버지의 급작스런 죽음과 어머니의 재혼으로 말미암아 헤어날 수 없는 충격을 받은데다 살인에 대한 의무로 스스로를 파괴하는 인물이다. 조그만 화분에 심었던 묘목이 자라남에 따라 결국은 그 화분이 깨져버리듯이, 감당할 수 없는 외적 세력에 의해서 파괴되는 인물이 햄릿이라는 것이다.

니체의 해석 역시 괴테와 종국에는 크게 다르지 않다. 니체에 의하면 햄릿은 삶의 신비를 통찰한 철인으로, 현실을 바닥까지 모두 알아버린 인간이 보여주는 삶에 대한 환멸 때문에 어떠한 행동도 취하지 않는다. 행위의 무위성을 너무나 잘 인식하고 있기 때문이다. 그렇지만 니체는 극중에서 행동하지 않는 것도 행동의 일종이며, 무언 역시 언어의 일종이라는 사실을 간과하고 있다.

　　이렇게 슈바니츠는 브래들리로 대표되는 영국의 경험주의적 분석과 독일의 낭만주의적 전통에서 비롯된 해석을 충실하게 반영한다. 그가 펼치는 해석의 장점은 자신의 주장을 딱히 내세우지 않고 일반 독자들을 위해서 다양한 해석을 소개하며, 최종적인 선택을 독자의 몫으로 남겨놓는 데 있다. 그렇지만 독자들은 슈바니츠의 해석에서 동의할 수 없는 부분도 발견하게 될 것이다. 예를 들어 슈바니츠는 햄릿이 오필리어에게 독설을 퍼부으며 수녀원에나 가버리라고 외치는 부분에서, 셰익스피어 시대에 수녀원은 사창가를 의

미했다고 주장하는데 이는 위험한 해석이다. 당시에 수녀원이 사창가를 의미했다는 텍스트상의 근거는 셰익스피어 작품 어디에서도 찾아 볼 수 없다. 종교개혁 이후 가톨릭에 대한 반감이 신부나 수녀 같은 성직자들에 대한 혐오감의 표현으로 발전되어, 수녀원을 사창가로 생각한 사람은 스스로 자신의 반 가톨릭 정서를 드러내는 경우에 한했을 것이다. 물론 햄릿이 루터의 종교개혁 본산인 비텐베르크 대학 출신이므로 그의 발언에 반 가톨릭 정서가 반영되어 있으며, 이 작품에서 셰익스피어는 가톨릭에 대해서 반대의 입장에 서 있다고 주장하는 사람도 있을 수 있다. 그러나 「햄릿」에 묘사된 연옥이나 유령의 출현 등은 이러한 주장을 무색하게 만들기에 충분하다.

이러한 성급한 해석 말고도 슈바니츠가 텍스트상의 난제들을 충분한 설명 없이 자기 식으로 풀이하고 있는 부분도 몇 군데 눈에 띤다. 그렇지만 그의 해설은 세계문학상의 모나리자라 불리고 있는 셰익스피어의 비극을 독자들이 좀 더 가까이 느낄 수 있도록 하는데 큰 힘을 발휘한다. 「햄릿」은 손으로 잡으려는 순간 형체를 바꾸어 손아귀를 빠져나가는 해신 프로테우스처럼 신비한 것이지만, 바로 그 점이 매력인 것도 사실이다. 슈바니츠의 해설은 그 매력의 한복판으로 들어서는 데 아리아드네의 실처럼 우리를 미로에서 인도해줄 것이다.

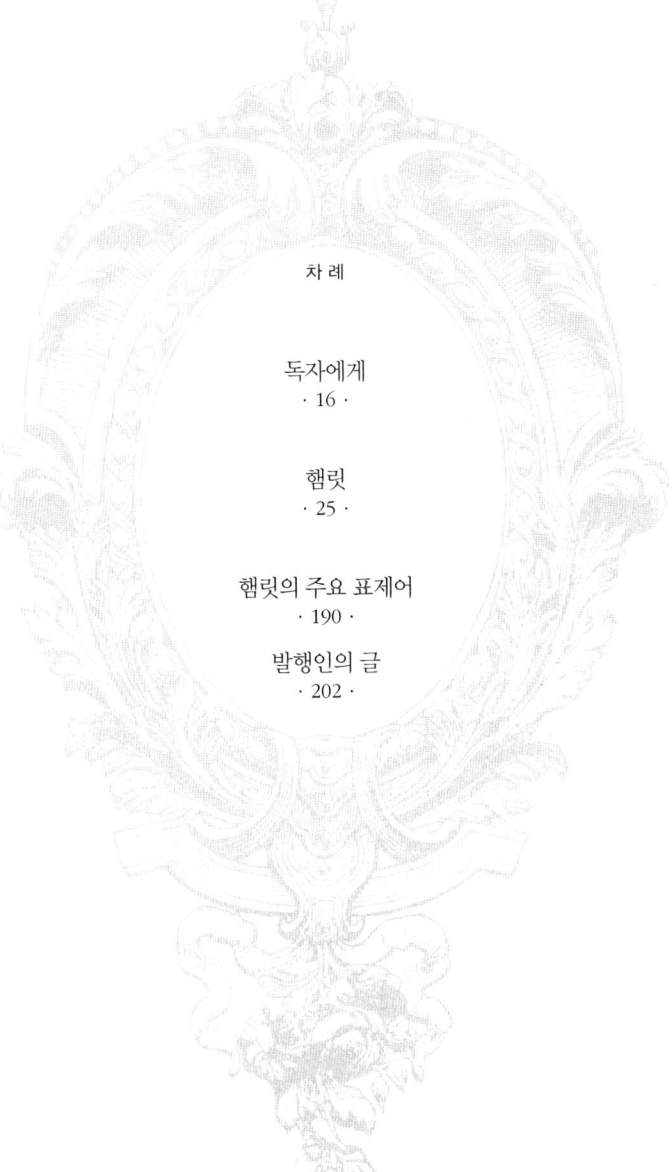

차 례

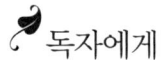

"내 뼈를 옮기는 자에게 저주 있으라!"

잉글랜드 서부의 시골 도시 스트랫퍼드에 있는 교회의 한 묘비에 새겨져 있는 경고다. 묘비 밑에는 1616년부터 윌리엄 셰익스피어의 죽은 몸이 평온하게 안식을 취하고 있다.

그러나 불사不死의 셰익스피어는 이런 경고의 보호를 받지 못한다. 그는 산더미 같은 책들 밑에 깔려 있다. 셰익스피어에 대해서는 다른 그 어떤 단일 대상보다 더 많은 책이 씌어졌다. 그야말로 해설과 주해의 히말라야다. 엘리자베스시대의 사회, 정신, 궁정생활 전반에 관한 거시적 연구에서부터 '햄릿에 나타난 잡초 유형'과 같은 시학적 미시물리학에 이르기까지 생각할 수 있는 모든 측면에 대해서 고찰이 이루어지고 있다. 정말로 셰익스피어의 작품 중에 아직 연구되지 않은 부분이 과연 단 한 쪽이라도 남아 있는지 의문이다.

"그렇다면." 누군가 군중 속에서 외친다.

"그런 형편을 알면서도 당신은 우리에게 셰익스피어에 대한 책을 한 권 더 안기려는 것이오?"

그렇다. 여기엔 한 가지 원칙이 통하므로.

"책으로 생긴 병을 치료할 약은 오로지 책뿐이다!"

저 산더미 같은 책들이 전부 무가치하거나, 비학문적이거나, 너무 싸구려여서가 아니다. 그중 많은 것들은 대단히 맛이 풍부하고 영양가도 높다. 건강에 해롭지도 않다. 적어도 일부는 안 그렇다. 정신의 양분을 끊는 것은 몸이 굶는 것보다 더 위험하다. 정크푸드에만 손이 가는 게 싫다고 음식을 아예 끊어버리려는 생각에 사로잡힌 사람은 곧 극심한 허기를 견디지 못하고 냉장고를 통째로 비워버리는 지경에 이른다.

정신적 섭취의 영역에는 우리를 보호해주는 이런 경고시스템이 없다. 정신이 영양실조에 걸려도 우리는 전혀 그 증상을 느끼지 못한다. 단, 다른 사람들은 그것을 알아챈다.

경고시스템이 없는 탓에 우리 사회는 번번이 기아와 그로 인한 전염병의 위험에 빠진다. 허나 여기서 명심해야 할 것은 소위 '셰익스피어 산업(Shakespeare Industry)'의 전문 연구자들이 쏟아내는 소화시키기 힘든 책들은 일반 독자를 위해 씌어진 게 아니란 점이다. 그런 책들은 학과위원회의 일원으로서 저자에게 박사학위를 수거나, 교수로 인용하거나, 학장으로 선출하거나, 은퇴시키는 등의 결정을 내리는 동료학자들을 위해서 쓴 것이다. 혹시 저자가 이 모든 과정을 이미 다 거친 인물이라 하더라도 학자로서 저자의 위상에 관한 평가는 아직 남아 있을 터이다. 아무튼 이런 일들을 처리해야 하는 동료학자들 말고는 아무도 자발적으로 그런 저자가 쓴 책을 읽지 않는다. 그래서 저자는 오로지 학문성의 기준에만 맞추어 책을 쓴다.

(…)

이런 모든 생략부호로부터 나는 셰익스피어를 다시 끌어
내고 싶다. 그의 드라마를 그냥 간단히 풀어서 이야기해줌
으로써 그 안에 벌어지고 있는 일들을 독자가 쉽게 경험할
수 있게 하고 싶다. 이는 19세기에 영국의 수필가 찰스 램
Charles Lamb이 벌써 했던 작업이긴 하다. 그는 아이들을 위
해서 셰익스피어의 작품들을 친절하게 이야기 형식으로 재
구성하였다. 이제 나는 어른들을 위해서 그와 같은 작업을
하려고 한다. 하지만 어느 정도 참을성이 있는 어른들이어
야 한다. 셰익스피어는 마냥 쉬운 얘기만 하는 작가는 아니
기 때문이다.

그런데 왜 하필이면 셰익스피어인가?

이 부분에서 나와 독자들은 아마 같은 생각을 할 것이다.
"그걸 몰라서 묻는가?"라고 말이다. 현대 유럽인들에게 셰
익스피어의 드라마들은 고대인들에게 그리스신화나 마찬가
지인 작품이다. 그것은 우리 문화가 자신의 모습을 알 수 있
게 해주는 이야기들이다. 다른 말로 표현하면, 우리의 문화
적 기억이다.

특히 독일인들에게 셰익스피어는 근대문학의 요람이었다.
1750년 무렵부터 진행된 문화적 혁명의 소용돌이 속에서 독
일문학이 탄생한 사건은 셰익스피어가 없었다면 생각하기
힘들다. 이런 의미에서 셰익스피어는 영국인들보다 독일인
들에게 더 중요한 인물이다. 셰익스피어와 연결 짓지 않고

서 독일인들은 자신이 누구인지조차 제대로 이해할 수 없을 정도다. 독일인들에게 셰익스피어는 문화적 건국영웅이다. 유대인들의 모세나 로마인들의 아이네이아스와 같은. (이 두 사례에서도 볼 수 있듯이 어느 나라의 건국영웅은 논리적으로도 그가 처음으로 세운 나라의 국민일 수 없다. 모세는 이집트인이었고, 아이네이아스는 트로이의 장군이었다.)

하지만 이런 것은 모두 당연하고 자명한 대답들이다.

이것들 말고 내게는 셰익스피어에 대한 책을 써야 하는 개인적인 이유가 있다. 영문학자이자 대학교수로서의 삶을 셰익스피어에게 빚지고 있기 때문이다. 그는 또 결정적인 고비 때마다 내 삶에 관여하였다. 처음은 내가 열한 살 때였다. 당시에 나는 스위스 산골의 오두막에서 3년이 넘게 생활하다가 갑자기 루르지역에 있는 가족에게로 돌아와야 했다. 그리고 난생 처음으로 학교에 입학하였다. 그 학교에 다니는 아이들은 모두 엄마에게 툭하면 매를 맞았다. 아직 세탁기가 없던 시절이리 디리운 흙바닥에서 뒹구는 개구쟁이들의 빨래를 끝도 없이 해대지 않으려면 그네들은 아이들한테 무섭게 굴지 않을 수 없었다. 그 탓에 아이들 사이에서는 대단히 수사적인 욕 경연대회가 자주 벌어지곤 했다. 여기서는 누가 더 쌍스러운 욕을 잘 하는가에 따라 서열이 매겨졌다. 이런 경연대회에서 나는 물론 전혀 상위에 입상할 기회가 없었다. 내가 할 줄 아는 욕이라고는 '임마' '짜식' '멍청이' '똥이다' 정도가 고작이었다. 그것도 스위스의 촌스러운 사투리로. 그러니 이런 식의 욕은 효과가 있었을 리 만무하며, 나를 웃음거리로 만들 뿐이었다. 사실 표준말은 아예 할 줄도 몰랐다. 나는 이런 자신이 끔찍이도 수치스러웠다. 나는 전교에서 제일 보잘것없는 녀석이었다.

하지만 이런 상황은 그리 오래 가지 않았다. 집에서 책장을 뒤지다가 우연히 셰익스피어의 『헨리 4세』를 펼치게 되었다. 그때의 놀라움을 어떻게 말로 다할까. 거룩한 생각과 고상한 감정들만 잔뜩 모아놓았으리라 여겼던 고전작품에서 쌍욕의 보고를 발견한 것이다. 날렵한 몸매의 할 왕자와 문학사에서 가장 멋진 배불뚝이 뚱보 친구인 폴스타프 사이에 쉴 새 없이 걸쭉하게 욕이 오갔다. 순식간에 내겐 실탄이 가득 쌓여 있는 탄약고가 생겨났다. 나는 여기서 발견한 욕들을 목록으로 정리하여 완전히 외워버리기로 작정했다. 그것들을 따발총을 갈기듯 숨도 쉬지 않고 내뱉어서 적을 순식간에 제압해버리기 위해서.

드디어 정오의 결투가 벌어지던 날, 나는 우리 반 뚱보에게 다가가 카우치 포테이토(하루 종일 소파에서 감자칩을 먹으며 TV를 보는 사람. ─옮긴이)의 옛 버전으로 일단 약을 올린 다음 본격적으로 따발총을 갈겨대기 시작했다. "이 삶아놓은 돼지머리 같은 놈아, 헛바람만 들어찬 똥자루, 지 다리도 못 보는 한심한 배불뚝이, 물 먹인 비계, 물러터진 희멀건 두부살, 푸줏간에 통째로 내걸린 고깃덩이, 푸딩으로 속을 채운 출렁거리는 왕만두, 버터를 접시 채 퍼먹는 게걸딱지……."

내가 이렇게 마구 쏘아대자 뚱보는 놀라서 눈이 휘둥그레 졌다. 다른 아이들도 모두 하던 짓을 멈추었다. 빗발치는 총 알처럼 뚱보의 삼겹살에 가서 꽂히는 내 욕들이 얼마나 참 신했던지 모두들 귀를 쫑긋 세우고 쳐다보았다. 그러자 평 소에 뚱보의 제일 만만한 먹잇감이던 빼빼마른 녀석이 그 틈에 무임승차하여 내 승리를 가로채려했다. 순간 나는 폴 스타프가 왕자에게 되받아친 말들을 녀석에게 퍼부어주었 다. "꺼져 버려, 이 피죽도 못 얻어먹은 몰골아, 뱀장어 껍 데기, 말린 소 혓바닥, 북어대가리 같은 놈, 수수깡, 뜨개바 늘보다 더 가늘어서 치즈 구멍으로 술술 빠지는 놈아, 갑자 기 성난 비둘기라도 된 거냐? 아니면 세상에서 제일 용감한 생쥐?"

그러자 놀라운 일이 벌어졌다. 내가 욕을 끝낸 단 몇 초 만에 나를 바라보는 아이들의 얼굴이 존경의 빛으로 돌변한 것이다. 단 한 번의 총질로 나는 욕 경연대회 챔피언에 등극 하였고, 낯선 독일 학교에 대한 적응을 완료했다.

대학에서 영문학과에 진학한 것은 셰익스피어를 좀 더 잘 이해하고 싶어서였다. 당시는 아직 1968년이 되기 전이었 다. 대학은 여전히 훔볼트(독일의 교육개혁가이자 언어학자. 전인 교육을 이상으로 삼는 근대 대학의 효시인 베를린 훔볼트 대학을 설립하 였다. ─옮긴이)의 전인교육 이념에 따라 운영되고 있었지만 너무 비대한 상태였다. 강의실마다 학생들로 초만원이었고, 공부는 자기가 알아서 해야 했다. 교수들은 자신이 가르치는 학생들을 누가 누군지 거의 알아보지 못했다. 대형 세미나에서 발군의 발표실력을 과시하거나 탁월한 수준의 리포트를 제출하는 극소수의 학생들이나 교수의 눈에 띄는 게 고작이었다.

내 지도교수는 셰익스피어 연보의 발행인으로도 활동하던 헤르만 호이어Hermann Heuer 교수였다. 나는 발군의 발표실력을 보이지도, 탁월한 수준의 리포트를 제출하지도 못했다. 그런 내가 교수의 눈에 띄게 된 데 대해 굳이 뭔가 이유를 찾아내자면, 과에서 영어로 공연한 「한여름 밤의 꿈」에서 마법에 걸려 당나귀로 변한 모습으로 요정 여왕 티타니아의 사랑을 받는 단역을 맡은 적이 있었다. 연극에서 나는 절반 이상을 당나귀 가면을 뒤집어 쓴 채 등장해야 했다. 호이어 교수도 물론 이 공연을 관람했다.

그 후 나는 호이어 교수가 기억하는 소수의 학생 중 한 명이 되었다. 하지만 몇 학기가 지나자 그는 나를 어떤 경위로 알게 되었는지 더 이상 기억해내지 못했다. 그래도 나를 보면 그는 여전히 어떤 식으로든 「한여름 밤의 꿈」에 나오는 당나귀를 연상하였고, 급기야는 내가 '동물신神을 중심으로 한 한여름 밤의 꿈과 마녀축제의 연관성 고찰'을 주제로 리포트를 제출한 적이 있다고 믿기 시작했다. 그가 아는 학생들은 모두 우수한 부류들이었으므로 나 역시 세미나에서 뛰어난 능력을 발휘했을 거라고 믿은 것이다. 그렇지 않다면 그가 나를 알고 있을 까닭이 없을 터이므로.

결국 나는 동물신을 중심으로 한 한여름 밤의 꿈과 마녀축제의 연관성 고찰이 중요한 주제가 되어버린 졸업시험을 끝마치고 그의 조교로 들어가게 되었다. 이때부터 대학 강사로서의 삶이 시작되었다.

이렇게 해서 나는 셰익스피어 산업 종사자의 길로 들어섰다. 하지만 살아 있는 셰익스피어를 직접 만나는 기회도 놓치지 않았다. 1978년부터 나는 함부르크 대학에서 영어권 대학의 모범에 따라 연극 워크숍을 시작했다. 나의 워크숍에서는 대략 20년 동안 1000여 명의 남녀학생들이 활동하였는데, 나는 이들―20세기도 다 지나간 시대의 후손들―에게서 셰익스피어의 유령이 생생하게 현현하는 모습을 두 눈으로 똑똑히 지켜보았다. 연극을 연습하는 동안 어린 배우들은 마치 마법에 홀린 것처럼 극의 세계 안으로 빠져들었다. 그들은 공중부양을 하듯 바닥에서 솟아올라 둥실둥실 떠다녔고, 입에서는 마법의 언어가 박동 치듯 흘러나와 그들의 삶을 일상과 떼어놓았다. 마지막 공연이 끝나는 순간 그들은 모두 온몸이 마비된 듯 뻣뻣하게 굳어서 다시 땅 위로 내려왔다. 하지만 며칠만 지나면 그들은 넋이 나간 멍한 표정으로 무대에 다시 나타나서는 잃어버린 무언가를 찾아 두리번거렸다. 그들이 찾는 건 자신들이 지난 몇 주 동안 살았던 세계였다. 그리고는 마침내 누군가 그 물음을 던진다. "다음번엔 무얼 공연할까?"

(…)

사실 나는 별자리를 통해서 이미 셰익스피어와 긴밀한 관계를 맺고 있었다. 나는 그와 태어난 날이 똑같다. 언뜻 가볍게 들리는 이 우연에는 그러나 어두운 면이 감추어져 있다. 셰익스피어는 생일에 죽음을 맞았던 것이다. 52세의 나이로. 셰익스피어에 대한 존경심 때문에 나도 52세 생일날에 죽고자 한다면 분명 너무 '오버'일 것이다. 하지만 이 신과 같은 존재보다 더 오래 산다는 게 왠지 염치없게 느껴지는 것도 사실이어서 나는 내 52번째 생일을 축하하지 않았다. 그리고 더 이상 나이를 먹지 않기로 결심했다. 그날 이후로 내 생일은 더 이상 없으며 앞으로도 내내 그럴 것이다. 혹시나 셰익스피어가 직접 가면을 벗어들고 나타나서 그 자신 역시 자기가 만들어낸 인물이라고, 햄릿의 아버지와 같은 유령이라고, 진짜 이름은 옥스퍼드 백작 에드워드 드 베어Edward de Vere, Earl of Oxford라고 고백하는 일이 발생한다면 모를까.

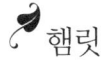 햄릿

한밤중에 하늘에서 반짝이는 수많은 빛들을 바라볼 때 우리는 어쩌면 과거를 보고 있는지도 모른다. 지금 보고 있는 별은 수천 광년 떨어진 곳에 있어서 벌써 까마득히 오래전에 사라져버린 것일지도 모른다. 그럴 때 우리는 더 이상 존재하지 않는 것을 보면서도 그런 걸 보고 있다는 사실을 제대로 알지 못한다.

우리는 눈으로 보는 걸 무척이나 좋아한다. 거의 중독 수준이다. 우리는 오로지 정상에서 한 번 기분 좋게 아래를 내려다보기 위해 고통스러운 숨을 몰아쉬며 눈 덮인 산을 오른다. 그렇게 우리는 죽음이 위협하는 오지를 헤매 다니고, 심연처럼 깊은 바다 속으로 잠수하고, 거대한 철제 시가 안에 갤리선의 노예들처럼 쪼그리고 앉아 뜨거운 습기가 연신 피어오르는 열대우림의 가마솥 위를 날아간다. 먼 나라에 있는 새로운 도시와 사람들, 낯선 건물과 신기한 자연경관 따위를 보고픈 일념으로. 우리는 전자현미경을 통해 물질의 내부를 들여다보고, 치마 밑으로는 본성을 곁눈질하고, 거실의 조그만 상자 앞에 모여 앉아서 전 세계에서 벌어지는 일들을 바라본다. 그렇다. 우리는 타이타닉 호의 선장실을 들여다볼 수도 있고, 여자의 자궁이나 달의 뒷면도 볼 수 있다.

그런데 우리는 정말 우리가 보는 것을 보는 걸까?

그렇다면 책을 볼 때는 무얼 보는 걸까? 가령 셰익스피어의 「햄릿」은? 거기서 우리는 헬싱외르의 피오르드 해안을 보고, 검은 옷을 입은 젊은 남자를 본다. 우리는 2500년의 시간을 건너 뛰어 비극이 처음 생겨나던 아테네도 본다. 「햄릿」은 그로부터 2000년 뒤에 유럽에서 다시 꽃피운 위대한 비극이다. 그리고 물론 1602년의 런던도 본다. 어느 오후 템스강 남쪽 자락에 있는 글로브 극장이 사람들로 가득 찬다. 3층으로 된 갤러리에는 상류층 사람들이 미소 띤 얼굴로 농담을 주고받으며 앉아 있다. 이곳에는 사회의 모든 신분계층이 다 모여 있다. 무엇 때문에? 여기서 뭘 하려고? 극장에 들어서는 순간 사람들은 다른 세계로 이끌려간다. 하지만 그 세계도 그들이 사는 세상과 비슷하다. 그렇다면 왜? 그 안에 도대체 뭐가 있어서 굳이 그곳으로 가고 싶어하는가? 그 안에서 사람들은 처음으로 신의 독점경제에서 벗어나 비교란 것을 할 수 있다. 이것이 그 이유다.

오래지 않아 팡파르가 울리고 깃발이 올라간다. 공연이 시작된다는 신호다. 이제부터 우리는 다른 세계로 이끌려가서 처음으로 소위 '보는 것'이 무엇인지를 보게 된다. 막이 오르지도 객석의 불이 꺼지지도 않는다. 무대 조명도 필요 없다. 오직 '말'만 있으면 된다. 무대의 도움은 필요 없다. 셰익스피어의 언어는 언제나 그렇게 주문에 가깝다. 거기엔 마력이 있다.

이제 잡담을 그만둬야 한다. 방금 마지막 팡파르가 울리고 관객들은 잠잠해진다. 이제 우리는 주술사 셰익스피어가 꾸며내는 말의 무대를 본다. 그가 보여주는 무대는 바로 우리가 있는 곳이다.

목소리가 들린다. 남자들이 짧게 소리친다.

"누구냐?"

"아니, 그것은 내가 물을 말. 서라, 신분을 밝혀라."

"국왕 만세!"

"바나도?"

"그래."

"정확하게 제 시간에 맞춰 왔군."

이쯤해서 우리는 이게 보초교대 장면이란 걸 알게 된다. 하루와 하루의 사이인 자정 직전, 하늘과 땅 사이 구천의 어느 한 공간 같은 덴마크 왕궁의 성벽 위 망루에서.

보초교대? 그렇다면 혹시 우리는 지금 덴마크의 헬싱외르가 아니라 런던에 있는 게 아닐까? 당시 런던에서는 위험한 보초 교대가 이루어지고 있었다. 16세기도 다 지난 무렵이다. 우리는 세기가 바뀌는 틈바구니에 있고, 엘리자베스 여왕은—신이여 여왕을 축복하소서!—곧 세상을 떠나려 한다. 그리고 여왕에겐 후사가 없다! 국민들은 모두 불안하다. 이 교대가 과연 잘 끝날 것인가?

"누구냐?"

"아니, 그것은 내가 물을 말. 서라, 신분을 밝혀라!"

"국왕 만세!"

"스코틀랜드의 제임스 1세?"

"그래."

그렇다. 스코틀랜드의 제임스가 영국의 왕위를 계승하기로 정해졌다. 이 불안한 전환의 시기 한가운데에서 당대 최고의 재사才士가 한 편의 드라마를 쓰고 있다. 드라마의 주인공 햄릿은 영국의 왕위계승자와 똑같은 상황에 처해 있다. 제임스는 햄릿처럼 신교도다. 그리고 그의 부모 메리 스튜어트와 단리 스튜어트는 햄릿의 부모와 마찬가지로 가톨릭교도다. 햄릿의 어머니처럼 제임스의 어머니는 남편의 살인자와 결혼하였다. 이런 사실들이 과연 당시 사람들의 눈에 띄지 않았을까? 실존 인물과의 유사성은 단순히 우연이 아니라 작가에 의해 의도된 것이 분명해 보인다. 이 점을 더욱 확실히 하기 위해 작가는 현실과의 비교를 목적으로 꾸며지는 극중극까지 우리에게 선보인다. 어떻게 이보다 더 확실하게 보여줄 수 있단 말인가!

종교개혁의 반대자들은 호시탐탐 기회만을 엿보고 있었다. 엘리자베스 여왕을 암살하려는 음모와 모의가 얼마나 많았던가! 월싱엄 경의 탁월한 첩보능력이 없었더라면—그의 능력은 셰익스피어의 동료작가 크리스토퍼 말로도 증명해주고 있다—엘리자베스 여왕은 이미 오래전에 테러의 희생자가 되었으리라. 가톨릭교도들은 테러리즘의 사도들이었다. 로마에 있는 그들의 우두머리는 아야톨라 호메이니나 다름없는 인물이다. 그러고 보니 종교와 테러리즘은 본능적으로 서로에게 끌리는 점이 있는 듯도 하다.

그래서 에식스 백작이 총대를 메고 반란을 일으켰던 것이 아닐까? 노쇠해져 가는 여왕의 후계자로서 제임스의 입지를 공고히 하려고? 백작은 셰익스피어도 속해 있던 궁정파벌의 우두머리였다. 거사 바로 전날 극 중에 국왕 폐위 장면이 등장하는 「리처드 2세」를 공연한 것이 혹시 반란의 분위기를 고조시키기 위한 목적은 아니었을까? 그럼에도 불구하고 반란은 실패로 돌아갔고 에식스는 머리를 잘렸다. 그의 머리는 창대에 꽂혀 템스강 다리 위에 효시되었다. 그리고 다리 건너 남쪽 강변에는 셰익스피어의 극장이 있다. 그래서인지 햄릿이 에식스 백작을 형상화한 인물이라는 말도 나온다.

하지만 이제 우리는 다시 헬싱외르로 돌아가야 한다. 무대 위에는 두 명의 새 인물이 등장해 있다. 호레이쇼와 마셀러스나. 그들은 자정에 망루에서 만나기로 보초들과 약속한 상태였다. 자정은 마셀러스와 바나도가 유령을 보았던 시간이다. 유령은 햄릿 왕, 즉 왕자의 부친 모습을 하고 있었다. 그들이 전날의 상황을 이야기하고 있을 때 그것이 다시 나타났다. 국왕의 모습을 한 유령.

호레이쇼는 너무나 두렵고 놀라워서 온몸이 마비될 지경이다. 다른 사람들은 어서 유령에게 말을 걸어보라고 그를 재촉한다. 유령은 이쪽에서 먼저 말을 걸어야만 말을 할 수 있기 때문이다. 게다가 유령에게 말을 거는 데는 엄격한 절차와 형식이 필요한데 그런 건 호레이쇼처럼 유식한 사람이 아니면 잘 모른다. 나중에 나오지만 호레이쇼는 마틴 루터의 대학이 있는 비텐베르크에서 공부한 학자다. 하지만 기대에 어긋나게 그는 이 일을 제대로 하지 못한다. 그가 유령을 향해 "너는 누구이기에 국왕의 모습을 하였는가?" 하고 물은 것이다. 더 정확히 표현하자면 "국왕의 모습을 침탈하였는가?"라고 묻는다. 이렇게 말함으로써 그는 유령을 남의 모습을 취하여 사람들을 속이는 기만적 존재라고 여기는 자신의 속내를 드러내고 만다. 그래서 유령이 사라지자 마셀러스는 유령이 기분이 상해서 가버렸다고 믿는다. 하지만 잠시 후 유령이 다시 나타나자 그들은 이번에는 소위 '크로싱Crossing'이란 것을 시도한다. 유령의 길을 가로막는 이 행위는 강령술에서 종종 행해지는 것인데 함부로 했다가는 위험한 일을 당하기 쉽다.

유령에게 말을 걸 때 호레이쇼는 그것의 본성에 대해서 당시 사람들이 품고 있던 다양한 생각들을 모두 열거한다. 처음에 그는 유령을 "환영(illusion)"이라고 부르며 자신의 회의적인 태도를 드러낸다. 그 다음에는 유령을 이승에서 무언가 아직 처리할 일이 남은 죽은 자의 영혼으로 보고 자신이 도와줘야할 대상으로 대한다. (가톨릭 교리에 따르면 이런 영혼은 연옥불 속에서 구원을 기다린다.) 세 번째로 그는 유령에게 앞날에 대한 무슨 중요한 사실을 알고 있는지 묻고, 네 번째로 말을 걸 때는 감춰둔 보물이 있어서 그걸 찾느라고 이승을 배회하느냐고도 묻는다. 그리고 매번 말을 걸 때마다 말미에 "내게 말하라!"고 소리친다.

그때 갑자기 수탉이 울고 유령은 홀연히 사라진다. 이것으로 보아 왕의 유령은 4원소의 정령이 아닌가 싶다. 4원소는 잘 알려진 것처럼 불, 물, 공기, 흙을 말한다. 이런 4원소의 정령은 자기가 속한 원소를 벗어나 돌아다닐 수 있지만 첫닭이 울면 곧 자기 원소로 되돌아가야 한다. 그렇다면 여기에 등장하는 정령은 흙에 속한 대지의 정령으로 보인다. 왕의 유령은 무덤, 즉 땅에서 나오기 때문이다. 주인공 햄릿도 항상 땅을 향해 우울한 눈빛을 내리 깐 모습이다. 체액과 기질의 상관체계에서 우울한 기질(melancholy)에 상응하는 흑색담즙은 4원소 중 대지와 결합한다. (나머지를 말하자면 황색담즙에 대응하는 진취적 기질은 불, 점액의 조용한 기질은 물, 혈액의 쉽게 흥분하는 기질은 공기와 각각 연결된다.)

하지만 아직 확실한 것은 하나도 없다. 연극은 알쏭달쏭한 수수께끼로 시작된다. 무대 뒤에서는 전쟁준비가 한창이다. 노르웨이의 포틴브라스 왕자가 그의 부친이 예전에 햄릿 왕에게 패해서 빼앗긴 땅을 되찾기 위해서 덴마크와 전쟁을 일으키려 한다고 사람들은 말한다. 그렇다면 햄릿 왕의 유령이 갑옷으로 무장한 차림으로 나타나는 이유가 혹시 그 때문은 아닐까?

그러자 저 갑옷 속의 인물이 작가 자신일 수도 있다고 관객 몇 사람이 소곤거린다. 우리에게 많은 수수께끼를 던져주고 있는 이 유령은 다름 아닌 윌리엄 셰익스피어의 유령이라고. 실제로 작가는 이런 식으로 유령이 되어 후대 세계를 놀리고 있는 게 아닐까? 괴테는 아예 햄릿의 성격 자체를 수수께끼로 보았는데, 그 후로 전 세계의 수많은 재사와 석학들이 괴테의 이런 해석을 추종했다.

하지만 역사의 안경을 끼고서 보면 이 수수께끼의 원래 모습을 좀 더 잘 관찰할 수 있다. 햄릿이 당면한 문제는 그가 부여받은 과제의 종류가 아니라 그것을 부과한 위임자의 본성에서 나온다. 그 위임자를 알아보자고 셰익스피어가 유령을 묘사하기 위해 참고한 서적들을 뒤적일 필요는 없다. (우선 꼽자면 스위스의 루트비히 라바터Ludwig Lavater가 쓴 1572년 영역판 『On Spirits Walking by Night』나 레지날드 스코트Reginald Scott의 『A Discovery of Witchcraft』 정도가 되겠다.) 단지 신교도들이 가톨릭의 연옥을 없애버린 역사적 사실에 주목해보는 것으로도 충분하다. 실제로 이것은 문화적으로 혁명에 비견될 만한 사건이다.

연옥에 있는 죽은 자들은 산 자들과 동시에 병존한다. 그들은 아직 산 자들과 소통이 가능하며, 이들의 운명에 영향을 미칠 수 있다. 자식과 가족들이 바치는 위령미사는 연옥에 있는 죽은 아버지에게 도움이 되며, 이들은 마치 교도소에 구금된 것처럼 제한적인 형태로 서로간의 접촉이 가능하다. 시간은 아직 돌이킬 수 없이 고정된 과거와 열려 있는 미래로 분리되지 않았다. 하지만 세계는 이승과 저승으로 나뉘어져 있으며, 이승은 원인과 결과의 빈틈없는 사슬에 완전히 구속되지 않는다. 따라서 예기치 못한 일은 미래에서 오는 게 아니라 동시적으로 병존하는 저승으로부터 온다. 이승과 저승으로 나뉜 가톨릭의 세계에서 사람들은 항상 시도 때도 없는 신의 개입을 염두에 둬야 한다. 신의 개입은 은총과 노여움으로 나타난다. 소통의 범위는 인간에게만 한정되지 않는다. 여기에는 죽은 자, 천사, 악령, 성자, 유령 등이 모두 포함된다. 세계는 이승과 저승의 경계를 넘나드는 다양한 존재들로 가득 차 있다.

　세계의 이런 다성적多聲的 특성은 인문주의와 프로테스탄티즘을 통해 급격히 바뀐다. 소통은 인간과 신 사이의 직접적인 형태로만 제한된다. 여기에는 새로운 매체의 역할도 컸다. 새로운 매체란 문자를 말한다. 인쇄술의 발달로 누구나 신의 말씀에 접근할 수 있게 되었다. 읽을 수 있는 자는 누구나 신의 말씀을 들을 수 있다. 이렇게 된 마당에 이제 사제나 기도자가 무슨 필요가 있겠는가? 신과의 소통에 끔찍이도 많은 비용을 요구하던 그런 문지기, 중개자, 로비스트 따위가 무슨 소용이 있단 말인가? 연옥도 따지고 보면 성직자들이 단계적인 사면 시스템에 따라 신자들의 돈을 갈취하기 위해 만들어놓은 감옥이나 다름없는 곳이 아니던가. 100년간 유효한 사면을 위한 위령미사에 100파운드, 무기한의 대사면에는 농가 살림 한 채가 몽땅, 이런 식이다. 결국 사면 문제는 종교개혁의 도화선이 된다. 연옥의 폐지는 그들의 바스티유 습격이었다.

그러면 그 안에 있던 죽은 자들은 어떻게 되었을까? 그들은 이제 정말로 시간의 흐름에 내맡겨진 채 망각의 강을 건너야 했다. 세상에 머무는 것은 더 이상 허락되지 않았다. 그들은 산 자들의 현재로부터 떨어져 나와 영원히 과거로 넘어가야 했다. 그들은 이제 정말로 죽어야 했다.

물론 그들도 가만히 앉아서 당하고만 있지는 않았다. 그들은 유령이 되어 다시 나타났다. 종교개혁 때 가톨릭이 그랬듯이, 하나의 문화적 질서가 갑자기 붕괴되면 세상이 흉흉해지고 유령 따위가 곧잘 출몰한다.「햄릿」의 시나리오가 후대에 그렇게 큰 호응을 얻은 것도 이와 무관하지 않다. 과거는 점점 더 빠른 속도로 밀려나고, 추방당한 자들의 귀환은 문화의 일부로 자리 잡기에 이른다. 적어도 낭만주의 이후부터는 그랬다.

종교개혁의 결과 셰익스피어 시대에는 유령의 본성에 관한 생각이 둘로 나뉘게 된다. 가톨릭교도들은 죽은 자들이 무언가 자신을 괴롭히는 문제를 처리하기 위해 연옥에서 빠져나온 것이라고 생각하였다. 따라서 산 자들은 그들을 도와주어야 한다. 신교도들에게 죽은 자는 천사이거나 아니면 환영과 기만을 통해 인간을 혼란스럽게 만들어 타락에 빠지도록 유혹하는 악마를 의미했다. 사람들은 유령의 본성에 대한 이 두 가지 생각을 놓고서 혼란스러워했다. 가톨릭과 프로테스탄트 사이에서도 마찬가지로 쉽사리 갈피를 잡지 못했다. 많은 이들이 이리저리 개종하며 옮겨 다녔다.

영국에는 공개적으로 신교도임을 천명하면서도 은밀하게 가톨릭의 교리를 따르는 사람들이 적지 않았다. 셰익스피어의 아버지도 그중 한 사람이었다. 얼마 전에는 그가 천장 구석에 몰래 감추어둔 두 번째 유언장이 발견되기도 했다. 엘리자베스 여왕의 가톨릭 금지법에 따른 처벌을 피하기 위해 겉으로 신교도로 살아야 했던 가톨릭교도들은 이렇게 가톨릭 규칙에 따른 새 유언장을 은밀하게 작성하여 아무도 찾을 수 없는 곳에 깊이 감추어두곤 했다. 그래도 하느님은 어차피 다 보실 테니까.

2장에서는 덴마크의 왕과 그 주변인물들이 등장한다. 클로디어스 왕은 국왕의 복장을 화려하게 갖춰 입은 모습이다. 왕 옆에는 막 결혼한 그의 아내이자 햄릿의 어머니, 즉 햄릿 아버지의 미망인 거트루드 왕비가 있다. 왕과 왕비를 따르는 중신들의 무리 맨 앞에는 국왕의 신임을 한 몸에 받는 재상 폴로니어스가 아들 레어티즈, 딸 오필리어와 함께 있고, 그 다음으로 시종, 호위병, 귀족, 사신 등등이 늘어서 있다. 그리고 무리와 조금 떨어진 곳에 이 이야기의 주인공 햄릿 왕자가 홀로 서 있다.

무대 위에서는 결혼식과 즉위식을 마친 새 국왕의 첫 각료 회의가 열리고 있다. 하지만 여기서 뭔가 아귀가 맞지 않는다는 걸 우리는 첫눈에 알 수 있다. 모두들 화려한 예복 차림인데 왕세자 한 사람만 검은 옷이다. 복장 지침을 어기고 상복을 입은 것이다. 왜 그랬을까? 왕자는 왕위계승에서 밀려났다고 느끼는 것일까?

확실한 왕위계승을 위해서는 세 가지 요건이 필요하다. 왕위계승권을 가진 가장 가까운 왕가의 일원이어야 하고, 왕위를 물려주겠다는 국왕의 공언이 있어야 하고, 중신들로 이루어진 각의閣議가 이에 대한 지지를 표명해야 한다. 실제로 중신들의 각의는 왕위계승권 서열이 제일 높은 인물이 전임자의 승인을 거쳐 무난히 왕위에 오르도록 절차를 진행시킨다. 하지만 드라마의 상황은 그렇지 않다. 각의는 아들 대신 왕의 아우를 옹립하였고, 햄릿의 어머니는 남편이 죽자마자 재빨리 시동생과 결혼함으로써 이 왕위찬탈을 도왔다. 당연히 새 왕은 이런 중신들의 도움이 너무나도 고맙다. 그래서 폴로니어스와 그의 아들 레어티즈에게 각별히 다정한 태도를 보인다. 레어티즈는 왕에게 다시 파리로 돌아가도록 허락을 요청한다. 왕의 재가가 떨어진 것은 물론이다. 여기서 폴로니어스가 의사일정을 바꿔 노르웨이로 보낼 사신들을 먼저 알현하게 하는 것을 보면 그가 내각의 실질적인 수장임을 알 수 있다.

이런 일들을 다 처리하고 난 뒤에야 왕은 검은 옷의 왕자에게 말을 건넨다.

"But now my cousin Hamlet and my son."

(그러면 이제 내 조카이자 아들인 햄릿아.)

왕은 이제 햄릿의 의붓아버지가 되었으므로 그를 아들이라고 부른다. 햄릿은 이것을 "가까운 친척일수록 애정은 멀어진다(The nearer in kin, the less in kindness)"는 당시의 속담을 변형한 말장난으로 비꼰다.

"A little more than kin and less than kind."

(친척이라기엔 좀 가깝고 동류라기엔 좀 먼 걸.)

어머니와의 결혼으로, 일종의 근친상간을 통해, 그들은 친척보다 더 가까운 사이가 되었다. 영어권, 특히 왕가에서는 아들(son)을 그와 발음이 똑같은 태양(sun)과 동일시하는 경향이 있다. 왕위계승자는 곧 떠오르는 태양인 셈이다. 그래서 클로디어스는 곧이어 이렇게 묻는다.

"어째서 아직 구름에 덮여 있는가?"

이에 햄릿은 다시 말장난으로 답한다.

"Not so, my Lord. I'm too much in the sun."

(아닙니다, 전하. 햇볕을 너무 많이 받아서 탈이죠.)

이 말은 왕자가 자신의 왕위계승권을 찬탈당했음을 꼬집는 중의적인 뜻으로 풀이될 수 있다.

이때 왕비가 끼어들어 아들에게 '시간의 흐름은 곧 아버지들의 죽음을 뜻하는 것'이라며 절대로 변치 않는 운명의 철칙을 말한다. 살아 있는 것은 모두 죽어야 하는 게 정상이며, 그게 정상이라면 그에게만 유별나게 보일 까닭도 없다는 것이다. 그러자 왕자는 왕비의 마지막 말을 물고 늘어지며 이렇게 말한다.

"보이다뇨, 마마, 그렇지 않아요. 보이는 것 따위 소자는 모릅니다."

그리고는 자신의 상복을 가리키며 덧붙인다.

"이 검은 옷과 칠흑 같은 망토, 이 한숨과 눈물은 소자를 알려주기에 충분치 못합니다."

왜냐하면 그런 것들은 우리가 배우처럼 거짓으로 꾸며낼 수 있기 때문이다. 실제로도 우리는 지금 극장에서 배우들의 거짓 연기를 보는 중이 아닌가! 하지만 햄릿은 이런 배우 노릇을 넘어서는 무언가를 마음속에 담고 있다.

여기서 우리는 처음으로 작품 전체에서 반복되어 나타나는 모티브와 만나게 된다. 그것은 바로 가식과 기만의 수단으로 사용되는 거짓 연기를 말한다. 햄릿의 생각은 항상 이 중심모티브 주변을 맴돈다. 가식적인 연기 능력은 그 무렵 유럽의 궁정사회에 새롭게 등장한 특징으로서 귀족들의 사회적 성격에 근본적인 변화를 가져온다.

자기 성 안에 있을 때 귀족은 누구의 눈치도 보지 않고 아무 거리낄 것도 없이 마음 내키는 대로 행동할 수 있다. 전쟁에 나가 기사로서 용맹을 발휘하려면 평소의 그런 거침없는 태도는 오히려 바람직한 덕목으로 취급받기도 했다. 그 결과 그들은 음식을 아무렇게나 손으로 집어먹는 야만스러운 종자가 되고 말았다. 당시의 예절규범집을 보면 우리로서는 놀랍기 짝이 없는 주의와 가르침들이 잔뜩 나온다. 음식 시중을 드는 하녀의 옷에 코를 풀지 말 것이며, 다 뜯어 먹은 고기 뼈를 그냥 뒤로 던지지 말고, 집 안의 여자를 아무데서나 덮치지 말라는 것 등이다.

하지만 궁정에 가면 이런 행태는 완전히 바뀌어야 한다. 거기서는 자기보다 신분이나 지위가 높은 사람과 수없이 마주치게 되는데 그중에는 여자도 있다. 따라서 그는 자제력과 예의바르게 행동하는 법을 필히 배워야 한다. 이로써 궁정은 처음으로 많은 사람들이 만족스럽게 함께 머물 수 있는 공간을 마련한다. 그 안에서는 오직 한 사람, 절대군주만이 독점적 권력을 갖는다.

여기서는 아무리 사이가 나쁜 경쟁자들도 함부로 결투의 검을 뽑을 수 없다. 따라서 싸움의 수단은 간계, 조작, 음모 따위로 바뀐다. 이런 것들은 특히 자제의 미덕과 가식적 기교를 요구한다. 또 상대방의 입장에서 생각하고 세계를 상대방의 눈으로 보는 능력도 절실해진다. 이런 것들은 궁정 귀족과 연극배우기 공통적으로 갖추어야 할 전제조건이다. 궁정은 사실 그 자체로 하나의 극장이다. 거기서 군주는 자기 권력을 정치적 보디빌딩의 형태로 연출하고, 신하들은 배우가 되어 연기를 한다.

이처럼 햄릿에게 클로디어스는 단지 왕을 연기하는 배우에 불과하다. 클로디어스 왕이 그를 제 편으로 만들려 애쓰면서, 자신의 왕위계승자로 선언하고 비텐베르크의 학교로 돌아가지 말 것을 부탁할 때 햄릿은 왕의 요청을 무시해버린다. 이에 어머니마저 나서서 왕의 요청에 힘을 싣자 그는 마지못해서 클로디어스 왕이 아니라 어머니를 향해 대답한다.

"있는 힘껏 마마의 뜻을 따르겠습니다."

하지만 클로디어스 왕은 이 순간 탁월한 자제력을 발휘한다. 그는 마치 햄릿이 자신에게 말한 듯이 행동하며 그의 대답을 자신의 요청에 대한 동의의 뜻으로 받아들인다. 그리고는 재빨리 대화를 끝마침으로써 일을 더 이상 되돌릴 수 없는 것으로 확실하게 매듭짓는다. 이제 뭔가 다른 행동을 하려면 왕자는 충분한 이유를 제시해야만 한다. 확실히 이 대목에서 클로디어스 왕은 요즘의 정치적 대가들 못지않은 수완을 보여준다. 그는 순식간에 자신에게 유리한 협상의 틀을 마련하여 그 안에 햄릿을 꼼짝 못하게 가두는 데 성공한다. 그리고는 축배를 들며 자신의 승리를 축하한다. 왕은 축배로 각료회의를 끝낸 뒤 중신들과 함께 퇴장하고 무대에는 햄릿 혼자만 남는다.

왕자는 관객에게 처음으로 자기 마음을 열어 보인다. 그가 말하는 동안 우리는 그와 동일한 사람이 된 듯한 느낌을 받는다. 이른바 독백이다. 그는 삶에 대한 혐오를 토로한다.

"오, 더러운 이 육신 녹아내려 햇볕 아래 눈처럼 사라졌으면! 신이 자살을 금지하는 계율을 내리지 않았더라면!"

그에게는 온 세상이 다 지겹고 맥 빠진다. 세상은 손질을 하지 않아 잡초가 무성한 정원처럼 보인다. 왜 그럴까? 그에 대한 답이 숨 가쁜 장광설 속에 햄릿의 입에서 쏟아진다.

"아버지가 돌아가신 지 겨우 두 달─아니, 두 달도 채 안 되었구나. 참 뛰어난 왕이셨는데. 그에 비하면 새 왕은 태양신에 사티로스를 견주는 꼴이다. 아버지는 어머니를 너무나 사랑하여 바람조차 얼굴에 드세게 불지 못하게 했건만……."

그런데도 그의 어머니는 먹을수록 식욕이 늘어만 나듯 그분께 매달렸다고 푸념을 늘어놓는다. 그리고는 마침내 저 유명한 외침이 터져 나온다.

"Frailty, thy name is woman!"

(약한 자여, 네 이름은 여자로다!)

불과 한 달, 그때 신었던 신발이 채 닳기도 전에, 니오베처럼 눈물을 쏟으며(니오베는 감정을 더욱 격하게 자극하기 위해 끌어들인 장치다.) 아버지의 시신을 따라가더니만. 그랬던 여인이 불과 한 달 만에 숙부와, 아버지의 동생과 결혼한다. (시간 간격은 점점 짧아진다.) 두 사람은 햄릿 자신이 헤라클레스와 다른 것보다도 더 크게 차이가 나건만. 독백이 계속될수록 햄릿에게 결혼과 죽음 사이의 시공간은 점점 더 좁아진다. 장례식에서 흘렸던 눈물이 미처 마르기도 전에 거트루드 왕비는 최악의 속도로 근친상간의 잠자리로 기어든다.

근친상간? 형제의 미망인과 결혼하는 것도 근친상간일까? 성서에 보면 죽은 형제의 아내와 결혼하는 걸 금지하는 대목이 나온다. 거기에는 처벌규정도 따라붙는다. "그들에겐 자손이 없으리라." 이는 다시금 엘리자베스 여왕의 아버지 헨리 8세가 처했던 상황이기도 하다. 헨리 8세는 형 아서의 미망인 캐서린 오브 아라곤을 아내로 맞아야 했다. 캐서린이 왕위를 이을 사내아이를 낳아주지 못하자 헨리 8세는 이를 '근친상간'에 대한 천벌이라고 주장하며 교황에게 정당한 이혼사유로 제시한다. 하지만 교황이 캐서린의 조카인 신성로마제국 황제 카를 5세의 영향 아래 있던 탓에 자신의 이혼 요구를 받아들이지 않자, 헨리 8세는 독자적으로 이혼을 단행하고 영국 교회도 로마에서 분리시킨다. 이때부터 그의 거듭된 결혼과 유명한 아내 연쇄살인이 시작된다. 헨리 8세와 결혼한 여섯 왕비의 운명을 영국의 어린 학생들은 공식처럼 암기한다. "Divorced, beheaded, died, divorced, beheaded, survived(이혼, 참수, 사망, 이혼, 참수, 생존)."

햄릿의 독백은 왕위계승에서 밀려날지도 모른다는 두려움보다 어머니의 행실로 인한 충격이 훨씬 더 컸음을 보여준다. 이 충격은 그의 사고를 지배하여 모든 여자들을 불신하게 만든다. 섹스에 대한 극도의 혐오는 삶 전반에 대한 혐오로 발전한다. 우리가 무의식적으로 끌리는 것에 대한 이런 햄릿의 혐오는 그 자체가 극적인 요소로 작용한다. 극중에서 이 주제가 등장할 때마다 햄릿은 그에 대한 상념에서 벗어나지 못하고 자살충동에 빠지곤 한다. 이것은 그를 엘리자베스시대에 특히 주목을 끌었던 멜랑콜리 타입의 인물로 만든다.

햄릿의 이 같은 우울한 기질은 궁정에서 힘을 잃고 무기력한 '불평분자'로 전락한 귀족들을 모반자로 만드는 좌절감과 결합한다. 햄릿은 모든 의혹을 떨쳐버리고 행동에 나설 수 있기 위해 슬픔을 감춘 채 가면을 써야 한다. 이렇게 해서 우리는 그때까지 문학에 한 번도 등장한 적이 없는, 하지만 현대에는 차고 넘치는 한 가지 인물유형과 만나게 된다. 이 인물은 타인에 대한 사회적 역할놀이와 본래적 자아의 고독 사이에 존재하는 괴리를 명확하게 의식한다. 그렇게 햄릿은 탁월한 희극배우이자 동시에—독백에서는— 격정적인 사색가로서 무대 위에 등장하여 우리에게 물음을 던진다. 여기서 더 미친 자가 누구냐고. 궁정에서 자기 적들의 정체를 밝혀내는 햄릿인가, 아니면 거울을 보면서도 자신을 알아보지 못하는 우리들인가?

다음은 줄거리를 이끌어가는 장면들이 이어진다. 햄릿이 호레이쇼와 등장한다. 호레이쇼는 비텐베르크에서 함께 공부한 왕자의 친구다. 그는 햄릿에게 유령의 출몰에 대해 이야기한다. 두 사람은 그날 밤 성벽 망루에서 만나기로 약속한다. 그 다음은 레어티즈가 누이 오필리어와 작별을 나누는 장면이다. 그는 누이에게 햄릿을 가까이하지 말라고 충고한다. 왕자의 결혼은 정치적으로 결정되는 것이라는 설명과 함께. 그때 아버지 폴로니어스의 등장으로 오누이의 대화는 끊어진다. 폴로니어스는 아들에게 서두르라고 재촉하면서도 정작 자신은 그에게 장황한 설교를 늘어놓는다. 레어티즈가 마침내 떠나자 아버지는 오필리어에게 오빠와 방금 무슨 이야기를 나누었냐며 궁금해한다. 이에 오필리어는 아버지에게 햄릿이 자신을 대하는 태도와 그에 대한 오빠의 걱정을 말해준다. 딸의 말을 들은 폴로니어스는 희극에 등장하는 전형적인 수전노 타입의 아버지가 되어 딸을 자신의 보물로 선언한다. 그리고는 몸가짐을 철저히 단속하여 값어치를 높이도록 유도한다. 그는 딸에게 이제부터 햄릿 왕자와의 접촉을 끊도록 명령한다.

그 사이 해는—당시에 사람들이 믿었던 것처럼—지구를 한 바퀴 돌아 밤의 어둠 속으로 숨는다. 우리는 다시 자정이 되기 직전의 망루 위에 있다. 아래에서는 연방 축포 쏘아대는 소리가 들린다. 왕이 축연에서 자신이 와인 잔을 단숨에 비울 때마다 대포를 쏘도록 명했기 때문이다. 햄릿은 호레이쇼, 마셀러스와 함께 유령의 출현을 기다린다. 시계가 열두시를 치자 정말로 유령이 나타난다. 햄릿의 반응은 빠르다.

"Angels and ministers of grace, defend us."

(천사와 자비의 성자들이여, 우리를 보호하소서.)

왕자의 말에 깊은 두려움이 배어 있다. 곧이어 터져 나오는 외침은 유령이 아니라 자기 자신을 향한 것처럼 들린다.

"네가 무엇이든, 천사인지 악마인지, 하늘에서 보냈는지 지옥에서 보냈는지, 좋은 일로 왔는지 나쁜 일로 왔는지 모르겠으나, 그다지도 의심스러운 모습으로 나타났으니 내 너에게 말을 걸지 않을 수 없구나!"

유령은 상대방이 먼저 말을 걸어야만 말할 수 있다는 걸 우리는 이미 알고 있다. 이윽고 햄릿이 말을 건다.

"내 너를 햄릿, 국왕, 아버지, 덴마크 왕이라 부르겠다. 대답하라! 답답함에 이 가슴 터지게 하지 말라! 무슨 까닭에 죽어 무덤에 뉘인 거룩한 시신이 수의를 찢었으며, 네 무덤은 어찌하여 육중한 대리석 아가리를 벌려 너를 다시 우리에게 뱉어내었는가?"

(아니면 완전히 삼켰던 것을 다시 내놓은 것이니 "토해내었는가?"라고 하는 것도 좋겠다.)

"무엇 때문에 너는 이렇게 밤을 무시무시하게 만들고, 자연의 노리개인 우리의 마음을 뒤흔들어 영혼이 도저히 못 미칠 생각들로 고민하게 하는가. 말하라, 어째서 이러는가? 목적이 무엇인가? 우리가 어찌해야 한단 말인가?"

여기서 우리는 흥미로운 역설과 마주치게 된다. 햄릿은 (신교도의 입장에서) 유령을 잠정적으로 악하고 기만적인 존재로 여기는 가운데 질문을 던지기 시작한다. 하지만 마지막 물음은 (가톨릭의 입장에서) 죽은 자의 영혼인 유령이 연옥불에서 벗어날 수 있도록 도우려면 그가 어떻게 해야 하느냐며 끝낸다. 이것은 마치 모든 크레타인들은 거짓말쟁이라는 크레타인의 말이 참인지를 묻는 것과 똑같다. 아버지의 유령이 그에게 뭐라고 대답하든 상관없이 햄릿은 이런 역설을 의식하는 순간 이 유령이 한 말의 참됨을 의심하지 않을 도리가 없는 것이다.

햄릿의 물음에 유령은 아무 말 없이 바닷가에 높이 솟은 바위절벽 위로 가자며 손짓을 한다. 호레이쇼는 그에게 따라가지 말라고 경고한다. 그곳은 선 자리에서 내려다보기만 해도 현기증이 날 뿐더러, 그 위에서 유령이 다른 끔찍한 형상으로 바뀌어 햄릿의 이성을 마비시켜버릴지도 모른다며 걱정한다. 왕자가 망설이자 유령은 재차 손짓한다. 햄릿이 따라가려하자 친구들이 다시 그를 붙잡으며 만류한다. 그러자 햄릿은 이렇게 말한다.

"손을 놓아라! 운명이 나를 부른다!"

그들이 여전히 놓아주지 않자 그는 간청을 한다.

"내가 가게 해주게, 여보게들!"

그래도 말을 듣지 않자 이번에는 검을 빼어들며 위협한다.

"맹세코, 나를 붙잡는 자 유령으로 만들어주리라!"

그리고는 유령을 뒤따른다. 두 친구도 조심스레 왕자를 따른다. 이때 마셀러스가 이렇게 투덜거린다.

"이 나라 덴마크에는 뭔가가 썩어 있어."

마침내 하늘도 아니고 땅도 아닌 구천의 한 공간과도 같은 바위절벽 위에서 (사탄이 그리스도를 시험하던 곳과도 비슷하다.) 햄릿과 유령의 대면이 이루어진다. 먼저 입을 연 것은 햄릿이다.

"어디로 데려가는 거냐? 말하라! 더는 가지 않겠다."

그는 유령을 의심하고 있다. 드디어 유령이 처음으로 말문을 연다.

"잘 들어라!"

"그러마."

"곧 고통스런 유황불 속으로 되돌아가야할 시간이다."

이로써 유령이 가톨릭의 세계인 연옥에서 왔다는 게 분명해졌다. 햄릿이 안됐다고 말하자 유령은 동정하지 말고 자신의 말을 주의 깊게 들으라고 당부한다.

"말하라! 나는 어차피 들을 수밖에 없으니."

"듣고 나면 너는 또한 복수할 수밖에 없으리라."

유령의 이 말은 뒤로 가면서 점점 명확하게 그 뜻이 이해된다. 여기에는 '들음'이 이제 전처럼 그렇게 자유롭고 중립적인 행위가 아니라는 의미가 담겨 있다. 여기서 들음은 곧 자신에게 사명을 부여하는 일이다. 인류가 낙원에서 추방될 때 그랬듯이 '앎'은 위험한 모험이다. 그것이 사람을 변화시키는 탓이다. 이처럼 유령의 말에 귀를 기울이는 순간 햄릿은 복수의 굴레에 갇히고 만다.

아직 유령이 자신을 밝히기도 전에 벌써 이 드라마의 결정적인 개념인 '복수'가 등장하였다.

복수는 기독교적 가치관과 일치할까? 성서에 보면 "'복수는 나의 것'이라고 주님께서 말씀하신다"고 나와 있기는 하다. 또 흔히들 주장하는 것처럼 르네상스 시대가 복수에 각별한 애착을 가졌던 것도 사실이다. 그렇다면 이 과제를 실행에 옮길 때 햄릿은 적극적으로 계율을 어기는 것인가, 아니면 시대의 일반적인 규범에 따르는 것인가? 햄릿의 망설임은 이와 같은 불일치에 기인하는 것일까? 어쨌든 한 가지 분명한 것은 엘리자베스시대의 극장에 갑자기 복수극 장르가 확산되었고, 「햄릿」도 거기에 속한다는 사실이다.

같은 시기에 이탈리아에서 들어온 결투 방식이 유행처럼 확산된다. 그 전까지 결투는 공개적인 방식으로만 이루어졌다. 여기서는 공식적인 결투신청, 공표, 결투에 사용될 무기와 참관인 지정 등의 절차가 복잡하고 지루하게 이어진다. 「햄릿」의 끝부분에도 이렇게 운동시합으로 위장한 결투 장면이 나온다. 종교개혁이 있던 세기 중반에 가톨릭의 혁신을 위해 열린 트리엔트 종교회의는 가톨릭 국가에서의 공개적인 결투를 금지시켰다. 그러자 그들 국가에서는 그 대신 비밀리에 벌어지는 사적인 결투가 확산되었다.

사적인 방식의 결투는 같은 신분의 두 남자 사이에 문제가 생겼을 때 벌어지며 대부분 은밀한 장소에서 신속하고 직접적인 형태로 진행된다. 여기서는 상대방의 모욕적인 행동으로 상처를 입은 사람이 결투를 신청하여 자신의 실추된 명예를 회복시키려는 게 일반적인 공식이다. 이런 결투가 빠르게 확산된 걸 보면 당시 사람들이 명예에 매우 민감했다는 걸 알 수 있다. 왜 그랬을까? 이런 예민함의 배후에는 어떤 사회 경향이 감추어져 있을까? 당시 사회는 점점 더 유동적으로 변해가고 있었다. 그전까지만 해도 명예는 사회적 지위에 당연히 따라붙는 요소였다. 하지만 이제 신분적 자질만으로는 명예를 소유하기에 충분치 못하게 된다. 귀족의 혈통 외에도 젠틀맨 사이에서 남자의 사회적 능력을 만들어내는 기준이 추가로 요구되었던 것이다. 그것은 '비르투virtu', 즉 남성 특유의 단호한 기개와 죽음을 돌처럼 여기는 용기였다. 이와 같은 명예의 획득 여부는 같은 신분층의 사람들이 보이는 존경심 또는 경멸을 통해서 결판이 났으며, 이에 따라 자기 스스로에 대한 자존과 긍지도 결정되었다.

구 유럽의 귀족사회에서 현대사회로 진행되는 과정에서 결투는 300년이 넘도록 유럽사회의 골칫거리 노릇을 하다가 천천히 영국에서부터 역사의 뒤안길로 사라져갔다. 결투는 이제 우리들에게는 더 이상 없는, 마초주의로 대변되는 남자다움의 전형적인 자기표현이자 귀족적 남성문화의 일부였다. 여기서 우리들이란 지중해 인근의 라틴 국가들을 제외한 서구 사회의 남자들을 말한다. 당시 사회에는 아직 이런 화려함을 지닌 남자가 존재했다. 그는 명예의 규범에 맞추어 자신의 우월함과 고귀함을 기꺼이 과시하였다. 죽음에 직면해서도 결코 꺾이지 않는 자신감과 절제력, 여유를 통해서. 그리고 이런 고귀함은 여성에 대한 세련된 매너와 기사도적 행동으로 이어졌다. 이 우아한 행동양식에 담긴 문화적 매력은 그 뒤로도 오랫동안 시민사회를 사로잡았다. 그래서 시민소설에 등장하는 남자 연인의 역할은 빈번하게 귀족 남성에게 맡겨졌으며, 항상 천재의 딱지가 붙는 낭만주의 예술가의 모습도 이런 인물에 연결되었다.

셰익스피어 시대에 이탈리아는 신분이 유동적이고 상업이 번창한 도시사회였던 탓에 개인의 위상을 정립하기 위해서는 자기만의 독특한 라이프스타일과 화려한 자기과시가 더욱 요구되었다. 이탈리아 르네상스의 출중한 예술작품들도 이런 경향에 빚진 바가 적지 않다고 하겠다. 그러자 영국에서도 이탈리아의 모범을 따르는 사람들이 생겨났다. 특히 극작가들이 그랬다. 그들은 이탈리아의 범죄 모델도 흔쾌히 받아들였다. 여기에는 넓게 보면 범죄 이론가처럼도 보이기도 하는 마키아벨리의 역할이 컸다. 또 한 가지 이유는 그토록 매력적인 이탈리아가 교황과 이념적으로 대립하는 자들의 본산이기도 하다는 사실이었다. 신교도들의 악몽인 파리 대학살은 앙리 드 나바르와 마르그리트 드 발루아의 소위 '피의 결혼식'이 벌어지던 1572년 8월 24일에 자행되었다. 이때 파리에서만 2천 명이 넘는 프로테스탄트 귀족들이 죽임을 당했고, 지방에서는 3만 명의 위그노파 신교도들이 학살되었다. 이 학살모의를 주도한 배후인물은 마키아벨리와 마찬가지로 피렌체 출신인 카트린느 드 메디시스였다. 신교 문제에 대한 프랑스의 이 '해법'에 대해 교황은 무척이나 만족스러워했다. 이 일로 신교도인 앙리 드 나바르가 가톨릭으로 개종하는 바람에 프랑스는 계속해서 가톨릭 국가로 남을 수 있었기 때문이다. 반면에 이탈리아는 지중해의 다른 가톨릭 국가들과 마찬가지로 오늘날까지도 명예와 치욕을 아는 사회의 면모를 유지하였다. 이는 물론 죄악을 강조하는 프로테스탄트 사회와는 다른 맥락이다. 그곳에는 아직도 '라틴 연인(Latin Lover)'과 같이 멋진 형태로 표현되는 남자다움의 과시를 찾아볼 수 있다.

이처럼 이탈리아식 범죄에는 셰익스피어와 같은 미디어 종사자들이 환영해마지 않는 특징이 담겨 있었다. 그것은 맛깔스러운 범죄 스토리를 구성하기에 매우 적합하였으며, 종종 무자비함과 기발한 상상력, 교묘한 지략을 한데 묶어서 보여주었다. 우리가 지금부터 보게 될 범죄도 바로 이런 특징을 지니고 있다. 이 모델의 출처는 셰익스피어가 주로 사용한 덴마크의 사료집인 삭소 그라마티쿠스Saxo Grammaticus 의 연대기가 아니라, 르네상스의 예절지침서라 할 발다사레 카스틸리오네Baldassare Castiglione의 '궁정인(Cortegiano)' 이었다. 이야기는 우르비노 공작 프란치스코 데 라 로베레의 살해를 다루고 있다. 이 범죄담과 함께 우리는 다시 헬싱외르의 성벽 망루 위로 간다. 햄릿과 유령이 마주 서 있는.

햄릿이 복수의 태세를 밝히자 유령은 비로소 자신을 밝힌다.

"햄릿, 나는 네 아비의 혼령이다."

이어서 우리는 그가 연옥에서 왔다는 말을 듣는다. 이렇게 셰익스피어가 관객에게 가톨릭의 세계를 보여주는 것은, 그 질서가 더 이상 통용되지 않기 때문이 아닐까? 유령은 연옥에 대해서 이야기하는 게 자신에게 금지된 일이라고 말하는데, 이것은 정부의 가톨릭 금지법을 암시하는 것이 아닐까? 당시 영국은 가톨릭 교리의 전파를 국법으로 엄격히 금하고 있었다. 아무튼 저승의 비밀을 알려주는 대신 유령은 자신의 비밀을 털어놓는다. 그는 자신이 정원에서 잠을 자다가 독사에 물려 죽었다는 공식적인 발표가 거짓이며, 그를 깨문 뱀은 지금 자신의 왕관을 쓰고 있다고 말한다.

"아, 숙부!" 햄릿은 소리친다.

"내 예감이 옳았어!"

햄릿은 이미 그러리라 예감하고 있었던 것이다. 이제 그는 살인의 정황에 대한 유령의 이야기에 완전히 빠져든다. 그의 아버지가 정원에서 자고 있을 때 숙부 클로디어스가 다가와서 아버지의 귀에 독을 흘려 넣었다. (지금 순간 유령 역시 같은 짓을 하고 있는 게 아닌가? 그도 지금 햄릿의 귀에 이야기의 독을 흘려 넣고 있지 않은가?) 그것은 가지과의 독초인 사리풀에서 짜낸 독즙이었다. 이 독은 수은처럼 삽시간에 신체의 모든 통로를 통해 퍼져나가서 피를 엉기게 만들고 온몸을 나무껍질처럼 딱딱한 부스럼으로 뒤덮는다. 이렇게 해서 가톨릭 신자였던 햄릿의 부친은 아무런 영적 준비도 갖추지 못한 채 죄악이 한창 무르익었던 순간에 갑작스런 죽음을 맞아야 했다. 종부성사나 마지막 고해도 못 받고 모든 죄악을 짊어진 채로 최후의 심판대로 보내졌다. 물론 아직은 연옥에서 자신의 죄악을 참회할 기회가 있지만 말이다.

유령은 또한 아들에게 덴마크 왕의 침실이 음욕과 근친상간의 잠자리로 전락하는 것을 가만히 보고만 있지 말도록 명한다. 하지만 햄릿은 그 때문에 스스로 죄악의 구렁텅이로 빠져들지 말아야 하며, 어머니를 해쳐서도 안 된다. 어머니는 하늘과 스스로의 양심이 찌르는 칼날에 맡겨야 한다.

어머니에 대한 이런 당부는 위에서 언급한 마초주의의 명예 개념과도 일치한다. 여자에게는 원래 자신의 고유한 명예 같은 것이 없다. 여자의 명예는 남자의 명예에 예속된 일부다. 미혼일 때는 아버지에게, 결혼하고 나면 남편에게 예속된다. 유령은 아들에게 자신의 손상된 명예도 유산으로 물려준다.

왕의 유령이 자기 동생을 "근친상간의 간통을 저지른" 짐승이라고 표현한 것으로 볼 때 왕비는 비록 살인계획에는 가담하지 않았더라도 이미 그전부터 클로디어스와 불륜을 저지르고 있었던 것으로 보인다. 유령은 이 금수 같은 놈이 사악한 지략으로 덕성스러운 왕비의 의지를 자신의 수치스러운 음욕에 굴복시켰다고 말한다. 플라톤적 사랑의 이상 속에서 하나로 묶여 있는 영적 황홀과 사랑과 쾌락이, 여기서는 결혼을 통해 고귀하게 맺어진 영적 사랑과 순전히 동물적인 쾌락으로 갈라져 서로 대립하는 관계로 바뀐다. 이 대립이 햄릿에게 섹스혐오증을 일으키는 진원지가 된다. 햄릿의 언어에서는 항상 이런 혐오증이 묻어난다.

"Remember me!"

(나를 기억하라!)

유령은 이 마지막 당부와 함께 사라지고, 햄릿은 그 자리에 털썩 주저앉는다. 충격이 너무나 커서 그의 두 다리는 더 이상 몸을 지탱하지 못한다. 그는 자기 심장에게 터지지 말라고 간청한다. 그리고는 자신에게 맡겨진 과제를 되뇐다.

"너를 기억하라고? 그래, 불쌍한 유령아! 이 혼란스러운 머리통(globe) 속에 기억력이 들어앉아 있는 한 기억하마. 그래, 내 기억의 칠판에서 쓸데없는 사사로운 내용들을 몽땅 지워버릴 테다. 어릴 적에 거기에 적어놓은 인상들이며 책에서 읽은 말들 따위도 모두. 오직 네 명령만이 내 두뇌의 비망록 속에 살리라, 비루한 잡것들과 섞이지 않은 채로."

그리고는 수첩을 꺼내—당시의 젊은이들은 늘 이런 수첩을 지니고 다니며 생각이나 인상들을 기록하였다—다음과 같이 적는다.

"웃고 있지만 악당이다. 이 둘이 굳이 서로 모순될 필요는 없지. 그래, 숙부. 이게 네 모습이다. 그리고 이번엔 내 좌우명을 적어야지. '안녕, 안녕, 나를 기억하라!'"

여기서 햄릿은 극적인 의식儀式을 통해서 자신의 내적 변화를 완성시킨다. 그는 과거가 부과하는 요구에 전적으로 복종하고, 스스로를 부친의 대리인으로 삼는다. 이를 위해서 그는 자신의 기억들은 물론 자기 정체성까지도 지워버린다. 여기서 기억은 '글'과 '책'으로서 나타난다. 그것은 기억의 형상들이 미디어의 혁명을 통해서, 그리고 인쇄술의 발명과 종교개혁으로 인한 그 신속한 전파를 통해서 만들어지고 있음을 보여준다. 신교도들의 성서읽기 열풍은 문맹률을 단기간에 획기적으로 낮추었고, 이로써 구전방식의 수사적 기억술은 제 기능을 상실하였다. 원래 주인을 잃은 문화들이 늘 그렇듯이 이 수사적 기억술 역시 극장으로 굴러들어 그곳에서 이런저런 방식으로 요리되었다. 햄릿의 다음 대사는 이런 사실을 암시한다.

"While memory holds a seat in this distracted globe."
(이 혼란스러운 머리통 속에 기억력이 들어앉아 있는 한.)

셰익스피어의 시대는 현대의 우리들처럼 내면의 정신적 공간을 영적인 힘과 감정들, 인식과 기억들이 머물며 서로 다투는 싸움터로 상상하는 데 익숙지 않았다. 그래서 오늘날 우리가 이런 정신적 공간에 부여하는 것들이 셰익스피어의 경우는 육체와 관련되어 기술되었다. 감정과 기질은 아직 제액의 신물에 불과하다. 반면에 영혼은 거울처럼 항상 불변의 상태로 유지되는 부동의 실체다. 다만 거기에 반사되어 나타나는 사물들만이 가변적이고 유동적일 뿐이다. 영혼은 순수하게 이성적이고, 따라서 불멸이고 영원하다.

반면에 기억력은 오랜 기억술의 전통에 입각해서 자주 건축물로 표상되었다. 기억하고자 하는 내용을 형상으로 바꿔서 일명 '토포이topoi'라고 불리는 각각의 기억장소에 배치하는 것이다. 기억력은 공간적인 어떤 것으로, 일종의 보물창고와 같다. 그래서 르네상스 이후 기억술의 인기가 식으면서 그런 보물창고를 실제로 지으려는 아이디어가 등장한다.

가장 유명한 것은 카밀로 델미니오에 의해 베네치아에 건설된 목조 건물이었다. (지금은 기록으로만 남아 있다.) 그것은 12궁 별자리의 영향에 관한 신플라톤적 해석에 기초하여 보편적 기억체계로 설계되었다. 원형극장처럼 보이는 건물의, 가파르게 상승하는 계단은 십자형 배열의 원칙에 따라 등위와 순서가 정해졌고 각 부분들에는 다시 저마다 고유한 서랍이 배정되었다. 이때 중요한 것은 숫자 7이다. 존재의 일곱 단계는 세계가 만들어진 창조의 일곱 날과 상응하고, 지붕은 지혜를 상징하는 일곱 기둥에 의해 지지되었다. 세계와 우주의 축소판으로 설계된 이 건물은 극장이자 거대한 목록카드 보관함이며 도서관이었다. 그 안에는 세계에 대한 기억이 담겨 있었다. 이 아이디어는 셰익스피어의 동시대인으로서 신비주의 철학에 심취했던 로버트 플러드 Robert Flood에 의해 수용되었다. 그는 글로브 극장과 비슷하게 생긴 기억의 극장을 설계한다.

지금까지 이렇게 길게 사설을 늘어놓은 것은 "While memory holds a seat in this distracted globe"라는 햄릿의 대사를 좀 더 철저히 분석해볼 필요가 있기 때문이다. 여기서 'globe'는 머리통을 뜻하지만 또한 글로브 극장이나 왕궁을 가리키기도 한다. 그 속에는 기억력이 왕처럼 옥좌에 앉아 있다. 이렇게 보면 내면의 정신적 공간에 대한 생각은 좀 더 설득력을 얻는다. 이 공간은 우선 일종의 '내적 극장(theatrum internum)'으로 생각될 수 있다. 여기서 중요한 점은 우리의 주관이 자신과 타인을 구분한 뒤 자기 자신과 관계한다는 사실이다. 다시 말해서 주관은 자기 자신을 인식하여 그것을 '나'라고 부른다. 하지만 이것은 연극도 마찬가지다. 나중에 「햄릿」에서 보게 되겠지만, 극중극이 공연될 때 연극은 또다시 자신과 관객을 구분 짓는다. 연극은 여기서 자신을 다른 모든 것들로부터 구분한다. 다시 말해서, 성찰을 한다. 바로 이것이 '내적 극장'에서 이루어지는 일이다. 내면의 무대 위에 많은 인물들이 등장하는데, 그중 한 명은 우리 자신인 것이다.

우리는 내부에서 자신의 또 다른 자아(도플갱어)로서 등장한다. 그러면 곧 이런 물음이 떠오른다. 이때 우리는 무대 위에 선 배우인가, 아니면 관객인가? 이 지점에서 인간은 분열된다. 기울 속을 볼 때 인간은 자신의 겉모습을 바라보는가, 아니면 자신의 내면을 들여다보는가? 여기서 그가 보는 것은 무엇인가? 바로 관객인 우리 자신이다. 이런 방식으로 「햄릿」은 연극과 성찰이라는 두 가지 주제를 하나로 묶는다. 이 둘은 햄릿 자신 안에서 하나로 묶여진다. 그는 희극배우이자 동시에 사색가이다. 그의 머리(globe)에는 기억력이 지상(globe)의 제왕처럼 그리고 국왕 역을 맡은 글로브(globe) 극장의 배우처럼 옥좌에 앉아 있다.

「햄릿」을 볼 때 우리는 우리의 문화적 기억 내부에 앉아 있는 것이다.

햄릿이 자신의 물음에, 즉 자신에게 부과된 과제에 맹세로 응답하고 있을 때 그의 친구들이 등장한다. 처음에 그는 일부러 과장된 태도를 보인다. 매 부르는 매사냥꾼 흉내를 내고, 유령이 전한 메시지에 대해서 말도 안 되는 소리를 늘어놓는다. 하지만 이런 식으로는 호레이쇼를 따돌릴 수 없음을 깨닫자 햄릿은 친구들에게 자기 검에 대고 침묵의 맹세를 하도록 명한다. 이 장면은 상당히 그로테스크하다. 햄릿은 맹세를 요구하면서 세 번 자리를 바꾸는데 그때마다 유령이 무대 밑에서 "Swear!(맹세하라!)"를 외친다. 유령의 목소리는 마치 지옥에서 울려나오는 듯하다. 이때 햄릿은 유령을 "착한 광부"니 "두더지 영감"이니 하며 부른다. 부친의 유령을 부르는 호칭 치고는 상당히 특이하다. 여기서 '맹세하라'는 햄릿의 요구는 일종의 시험이다. 세 번의 맹세는 대지의 정령을 불러내는 의식인데, 유령이 이 의식에 응답한다면 그는 대지의 정령으로서 악마와도 같은 존재임이 입증되는 것이다. 이때 햄릿이 소리치는 "Hic et ubique(무소부재無所不在)"란 말도 이런 의식에서 사용되던 주문이며, 세 번의 맹세는 악마와 계약을 맺을 때 자주 사용되는 방식이다. 계약의 파기는 곧 지옥의 형벌을 뜻한다. 첫 번째 맹세는 그들이 본 것에 대해서고, 두 번째 맹세는 들은 것에 대해서고, 세 번째는 햄릿이 앞으로 취할 기이한 행동, 즉 그가 광기의 가면 뒤에 감추려는 것에 대한 침묵의 맹세다.

대지의 정령과 악마가 존재하는 공간은 하계, 즉 땅속 깊은 곳이다. 그리고 유령의 목소리도 바로 그곳에서 울려나오고 있다. 다시 말해서 유령은 스스로를 그와 같은 악령의 일종으로 드러낸다. 햄릿은 혼란스럽다. 이것은 그가 조금 전까지 믿었던 사실과 명백히 배치된다. 모든 게 다시 불확실해진 것이다. 누가 옳은 걸까? 프로테스탄트? 아니면 가톨릭?

"뒤틀린 세월이로다. 아, 저주스런 운명이로고. 이를 바로잡으려 내가 태어나다니!"

하지만 아무리 유령이 의심스러워도 햄릿은 그것에서 벗어나지 못한다. 유령은 마치 유언을 내리듯 그에게 기이한 과제를 부여한다. 유령은 햄릿을 그의 과거에, 혈통에, 부계 쪽 근원에 속박시킨다. 이는 고대 비극의 전통과도 일치히는 것이다. 유령은 햄릿 집안에 내린 형제간 존속살인의 저주를 체현한다. 이로써 유령은 햄릿의 미래를 가로막는다. 햄릿은 스스로의 미래를 열어가지 못하고 과거에, 자신의 혈통에 구속된다. 유령은 그를 죽은 자들이 머무는 저승의 공간에 결박시킨다. 인과의 고리로 연결된 세계에 느닷없이 저승이 등장하는 것은 섬뜩하고 기괴스럽다. 이런 세계는 더 이상 자연스럽지 못하다. 햄릿에게 부과된 과제도 마찬가지로 부자연스럽다. 그것은 그를 제 나이에 맞는 행동에서 강제로 떼어놓는다. 한창 젊은 나이인 햄릿에게 더 어울리는 것은 사랑이다. 사랑은 또한 행복한 미래를 약속하는 듯이 보인다. 하지만 이 미래는, 사랑의 오필리어는, 햄릿이 과거에 속박됨으로써 파괴되고 만다.

2막

2막의 첫째 장은 이전 장과 아이러니한 방식으로 대응한다. 앞서 햄릿의 아버지가 유령으로서 아들 앞에 직접 모습을 나타냈다면, 여기서 폴로니어스는 아들에게 은밀하게 염탐꾼을 보낸다. 이 장면에서 우리는 벌리나 월싱엄 같은 정치가들이 실제로 비밀정보조직을 운영하면서 사용했을 엘리자베스시대의 통치술을 엿볼 수 있다. 폴로니어스의 상세한 지시는 당시에 활동했을 비밀경찰의 모습을 짐작케 해준다. 스파이 레이날도는 파리에서 레어티즈에 대한 막연하고 애매한 이야기와 날조된 험담을 퍼뜨려야 한다.

"도박 같은 거 말이죠, 나리." 레이날도가 말한다.

"그래, 그것도. 또 음주, 칼질, 욕질도 괜찮아, 웬만하면 계집질도."

폴로니어스는 이 정도 험담이면 적당하다고 생각한다. 뭘 하려고? 상대방으로부터 레어티즈에 대한 말을 이끌어내기 위해서다. 그리고 나서 폴로니어스는 속임수의 철학을 늘어놓으며 자신의 행동을 정당화시킨다.

"거짓의 미끼로 진실이란 잉어를 낚는 거야."

현명한 사람은 옆길을 둘러가는 간접적인 방법으로 목적지에 도달한다. 이것이 폴로니어스가 말하는 우회의 철학이다. 그러면서 그는 아들에게 음악 연습을 게을리 하지 말라는 당부를 전하는 것도 잊지 않는다. 그때 오필리어가 나타난다. 그녀의 등장은 상당히 극적이다. 그녀는 완전히 겁에 질려 있다. 방금 햄릿을 만나고 오는 길이다. 햄릿의 기이한 행동을 전하는 그녀의 말에서 우리는 왕자의 광인 연기가 이미 시작되었음을 알 수 있다. 오필리어가 묘사하는 햄릿의 모습은 그가 제정신이 아니라는 정황을 강하게 드러낸다.

햄릿은 모자도 쓰지 않은 상태였고, 당시에 무릎 위까지 올라오게 신던 긴 양말은 아주 더러워져 있었다. 게다가 양말은 발목께로 흘러내려 마치 족쇄를 찬 듯이 보였다. 또 겉옷 단추를 채우지 않아 속에 입은 셔츠가 밖으로 다 드러나 보였다. (당시에 셔츠가 밖으로 드러나는 것은 오늘날 바지 속에 입은 팬티가 밖으로 노출된 것과 같다.) 이런 겉모습은 사랑에 빠진 사람에게서 흔히 볼 수 있는 감상적이고 우울한 모습과는 전혀 딴판이다. 원래 이런 사람은 눈을 다 가릴 정도로 모자를 푹 눌러쓰는 법인데, 햄릿은 오히려 모자를 벗어버렸고 옷차림도 엉망이다. 햄릿은 그런 차림으로 그녀의 손목을 꽉 잡고는 팔 길이만큼 거리를 유지하면서, 다른 쪽 손을 자기 눈 위에 대고 그녀의 얼굴을 마치 초상화라도 그리려는 듯 뚫어져라 바라보았다. 한참을 이런 포즈로 꼼짝 않고 서 있던 햄릿은 그녀의 팔목을 흔들면서 고개를 세 번 끄덕이더니, 마치 몸이 다 부서지듯 크게 한숨을 내쉬고는 그녀에게서 눈을 떼지 않은 채 앞도 보지 않으며 문밖으로 나갔다.

이런 딸의 말은 폴로니어스에게는 더없이 명확한 증거로 들린다.

"That has made him mad."

(그게 그를 미치게 만들었군.)

그때부터 폴로니어스는 오필리어를 향한 좌절된 사랑이 햄릿을 미치게 만든 원인이라고 확신하고 그걸 증명하기 위해 부단히 애를 쓴다.

2막의 둘째 장은 우리를 성안의 홀로 데려간다. 이곳은 왕과 왕비가 수행원을 거느리고 여러 방문객들을 맞이하는 공식적인 접견장이다. 그중에는 비텐베르크에서 온 젊은 귀족 로젠크란츠와 길든스턴도 있다. 왕은 햄릿이 갑자기 이상한 행동을 보이는 이유를 찾아내기 위해 그와 절친한 사이로 알려진 두 사람을 덴마크로 불러들였다. 이 장면도 폴로니어스가 레이날도를 스파이로 삼아 파리로 보내는 이전 장의 내용과 비슷하다. 여기서 왕은 햄릿과 마찬가지로 다음 단계의 작전으로 넘어간다. 그도 폴로니어스처럼 염탐꾼을 배치하려고 한다. 왕은 왕자가 상사병으로 넋이 나갔다는 폴로니어스의 주장을 그다지 신뢰하지 않는다. 그는 겉으로는 이러한 조치가 왕자에 대한 걱정에서 나온 것이며, 혹시라도 햄릿이 남모를 고민으로 고통 받고 있다면 도와주려는 의도라고 말한다. 왕비도 두 사람의 노고에 보답하겠다며 왕을 거든다. 그들은 즉각 왕의 제의를 받아들인다. 이 두 사람은 극에서 항상 한 쌍으로 인식되도록 의도된 인물이다. 말을 할 때도 그들은 누가 누군지 분간이 되지 않는다. 로젠크란츠는 길든스턴과 혼동되고 반대도 마찬가지다. 그들 스스로가 그런 식으로 말한다. 한 사람이 말하면 다른 사람은 다른 말로 바꾸어 이를 반복한다.

"Both, Your Majesty(두 분 마마께옵서)"라고 한 사람이 말하면 곧이어 또 한 사람은 "But we both obey(우리 둘은 복종할 따름이옵고)"라고 말한다. 둘의 역할을 서로 바꿔도 상관없다. 한 사람은 다른 사람이 거울에 비친 모습이다. 똑같이 3음절로 된 두 사람의 이름도 여기에 한몫한다. 둘의 이름은 모두 강약약격의 리듬으로 되어 있다. 연출가 톰 스토파드Tom Stoppard가 햄릿의 전체 이야기를 이 두 사람의 시각에서 재조명한 적이 있는데, 여기서 그들은 베케트의 블라디미르와 에스트라공이 된다.

두 사람이 물러가자 또 한 쌍의 쌍둥이가 등장한다. 노르웨이에 다녀온 사신들이다. 그들은 좋은 소식을 가져온다. 노르웨이의 노왕이 과격한 조카 포틴브라스에게 다시는 덴마크에 대한 무력시도를 하지 않겠다는 다짐을 받았으며, 앞서 징집한 병사들은 오로지 폴란드를 상대로 한 싸움에만 투입하도록 허용하였다는 내용이다. 폴란드와의 전쟁을 위해 노르웨이 왕은 클로디어스에게 자국의 병사들이 덴마크의 영토를 통과할 수 있도록 허락해달라고 요청한다.

사신 접견이 끝나자 폴로니어스가 다시 등장한다. 그는 마치 뮤지컬 홀에서 공연하는 스탠드업 코미디언같이 혼자 으스대며 장황한 사설을 늘어놓는다. 이런 식으로 그는 햄릿의 우울증이 오필리어에게 거절당한 뒤부터 생겨난 게 틀림없다고 주장한다. 증거로 가져온 편지를 그는 스스로 주석까지 붙여가며 몹시 번잡스럽게 낭독하더니, 끝에 가서는 사랑의 우울증에 걸린 연인이 보이는 증상을 발전 단계별로 설명하기까지 한다.

"처음에는 슬픔에 빠지고, 그 다음으로 밥을 굶고, 밤에 잠이 안 오고, 그 다음엔 몸이 쇠약해지고, 그 다음엔 현기증이 생기고, 그 다음엔 결국 미쳐버리고 말죠."

하지만 왕은 여전히 미심쩍다. 그는 확실한 증거를 원한다.

"How may we try it further."

(좀 더 자세히 알아볼 방법은 없겠소?)

그러자 폴로니어스는 곧장 자기 딸을 미끼로 사용하는 방안을 제시한다. 햄릿이 평소처럼 이곳 홀의 복도를 어슬렁거릴 때 딸을 그에게 접근시키겠다는 것이다.

"그때 제 딸을 풀어놓겠습니다."

여기서 그는 마치 뚜쟁이나 포주처럼 말한다.

그런데 햄릿은 오필리어에게 왜 그렇게 못되게 굴었던 걸까? 아마도 폴로니어스가 딸을 미끼로 이용하겠다고 하는 말을 엿들었던 것 같다. 따라서 그의 기이한 태도는 휘장 뒤에 숨어 있는 두 염탐꾼을 향한 것으로 보인다. 아무튼 이런 식의 모의가 이루어지고 난 뒤 무대 위로 햄릿이 나타난다.

"봐요, 저 불쌍한 것이 고개를 책 속에 파묻고 있어요." 왕비가 말한다.

햄릿은 책을 읽으며 등장한다. 책은 멜랑콜리에 빠진 사람에게 특히 잘 어울리는 액세서리다. 지식은 사람을 우울하게 만드는 법이다. 세상과 단절한 채 책 속에 칩거함으로써 사람은 스스로 감당할 수 있는 것보다 더 많은 짐과 세상의 고통을 머리 위에 이고 살아가게 되기 쉽다. 아무튼 책 읽는 햄릿은 이때부터 일종의 아이콘이 되었고, 책은 멜랑콜리에 빠진 자의 상징처럼 여겨지기 시작했다.

그런데 이때 햄릿은 무슨 책을 읽고 있었을까? 혹시 몽테뉴의 『수상록』이 아닐까? 당시에 크게 유행했던 이 책은 햄릿의 태도와 많은 부분 일치하는 철학을 담고 있다. 폴란드의 비평가 얀 코트Jan Kott 같은 이는 현대의 햄릿이라면 틀림없이 사르트르의 읽고 있을 것이라고 말하기도 했다. 그는 사르트르도 햄릿처럼 자신이 연기할 역할을 찾느라 고심한 철학자였다고 말했다. 어쩌면 햄릿은 셰익스피어의 작품을 읽고 있을지도 모르겠다.

다음 장면에서는 햄릿과 폴로니어스의 대결이 펼쳐진다. 여기서 재미있는 것은 지금 두 사람이 모두 연극을 하고 있다는 것을 햄릿은 알고 있는데 반해 폴로니어스는 모른다는 사실이다. 광기와 술책의 겨루기는 그렇게 시작된다. 폴로니어스가 먼저 포문을 연다.

"제가 누군지 알아보시겠습니까?"

미친 사람에게 흔히 던지는 방식이다. 미친 자인 햄릿의 대답은 좀 더 교묘하다.

"알다마다. 그대는 생선장수지."

이것은 엘리자베스시대의 영어로 '포주'를 뜻하는 비속어다. 곧이어 햄릿은 폴로니어스에게 딸이 햇볕 속을 너무 돌아다니지 못하게 하라고 충고한다. 해가 고기와 키스하면 구더기가 생기는 법이라며. 이 대사는 앞서와 마찬가지로 태양(sun)과 아들(son)의 말장난을 담고 있다. 햄릿은 덴마크 국왕의 아들이다. 그는 지금 폴로니어스에게 딸을 자신과 가까이하지 못하게 하라고 경고하고 있는 것이다. 태양을 통해서, 즉 왕자를 통해서 그의 딸이 무언가 좋지 않은 것을 얻게 될지도 모르기 때문이다.

하지만 폴로니어스의 '방백'은 그가 왕자의 경고를 전혀 알아채지 못한다는 걸 보여준다. 이제 둘의 대결은 2라운드로 들어간다. 폴로니어스는 햄릿이 무얼 읽고 있는지 묻는다. 햄릿의 대답은 간결하다.

"말, 말, 말이라네."

폴로니어스는 좀 더 구체적으로 '내용(matter)'이 무엇인지 묻는다.

"What is the matter?"

(내용이 무엇입니까?)

하지만 햄릿은 'matter'를 책의 내용이 아니라 일의 용건으로 이해하여 되묻는다.

"Between who?"

(누구와 누구 사이의?)

폴로니어스는 질문을 다시 한 번 고쳐서 읽고 있는 내용이 무엇이냐고 묻는다. 그리고는 햄릿으로부터 '험담'이라는 대답을 듣는다. 이어지는 험담의 내용은 폴로니어스를 향한 게 분명하다. 햄릿은 책 속의 독설가가 늙은이들은 모두 수염에 백발이 성성하고, 얼굴은 쭈글쭈글하고, 눈에서는 끈적끈적한 송진 같은 게 흘러나오고, 이성과 허벅지가 모두 빈약하기 짝이 없다는 험담을 늘어놓고 있다고 말한다. 햄릿은 또 이렇게 덧붙인다.

"모두 맞는 말이지만 그렇다고 이렇게 적어놓는 건 점잖지 못한 짓이지."

그러면서 폴로니어스도, 그가 게처럼 뒷걸음질을 칠 줄 안다면 언젠가는 햄릿 자신처럼 늙게 될 터이기 때문이라고 말한다. 여기서 뒷걸음질은 시간과 관련된 표현이다. 시간이 뒷걸음질을 친다면 폴로니어스는 햄릿의 나이로 되돌아간다. 이것은 시간이란 주제의 또 다른 변형이다. 폴로니어스는 방금 젊은 시절에 자신도 햄릿처럼 사랑에 빠졌었던 일을 기억해냈던 참이다. 바꾸어 말하면 젊은이 또한 언젠

가는 늙게 될 것이므로 늙은이를 깔보아서는 안 된다는 뜻
도 된다. 폴로니어스는 무언가가 배후에 감추어져 있다고
느낀다.

"이게 미친 증상이긴 하지만 어떤 의도가 있단 말이지."

둘의 대결은 이제 3라운드로 접어든다.

"바람이 없는 곳으로 드시지 않겠습니까?"

폴로니어스가 이렇게 묻자 햄릿은 그의 말을 글자 그대로
받아들여 무덤 속으로 들어가라는 거냐고 되묻는다. 폴로니
어스는 햄릿의 잇단 재치 있는 답변에 속으로 감탄하면서
이것을 광기에서 나오는 능력으로 여긴다. 여기서도 우리는
천재와 광기가 연결되고 있음을 본다.

둘의 대결은 여기서 끝난다. 폴로니어스가 물러가자 이번
에는 로젠크란츠와 길든스턴이 등장한다. 햄릿과 두 귀족
친구의 조우 장면은 엘리자베스시대 궁정에서 흔히 볼 수
있었던 경박하고 짓궂은 익살이 넘치는 젊은이들의 대화방
식을 잘 보여준다. 이것은 말하자면 농담 대결이다. 승점을
더 많이 따는 쪽이 이긴다. 이런 식의 '농짓거리'는 문학에
서도 자주 사용된다. 그 대표적인 예가 릴리의 '유페우스
Eupheus' 같은 궁정소설이다. 여기에는 당시에 유행하던 '기
상주의奇想主義(conceptismo)'가 잘 표현되어 있다. 기상주
의는 기발한 착상이나 반어적 은유, 중의 따위를 고도로 양
식화된 형태로 사용한다. 다시 말해서 세련된 말장난이다.

이런 방식으로 두 귀족은 어떻게 지내느냐는 햄릿의 물음

에 대해 행운의 여신 포르투나를 끌어들인다. 그럭저럭 지내다는 대답을 그들은 행운의 여신 머리 위도 아니고 그렇다고 발끝도 아닌 중간쯤에 살고 있다는 식으로 말한다. 이어지는 대화는 점점 더 야한 농담으로 바뀐다. 그들은 단순히 "그녀의 허리께쯤"이 아니라 그보다 조금 더 밑에 있는 "그녀의 은밀한 부분"에 산다고 말한다.

"그럴 테지. 행운의 여신은 창녀니까." 햄릿은 말한다.

햄릿은 행운의 여신에게 대체 어떤 잘못을 저질렀기에 이곳 덴마크의 감옥으로 보내졌느냐고 두 사람에게 다시 묻는다. 하지만 로젠크란츠는 "온 세상이 다 감옥이지요"라며 덴마크를 감옥이라고 꼬집은 햄릿의 표현을 희석시키려 한다. 이에 햄릿은 "그 안에는 지독한 감방과 토굴도 많거든"이라고 대꾸한다.

이 말장난은 인간의 실존을 죽기 전에는 벗어날 가망이 없는 감옥에 비유한다. 육신은 감옥이고 영혼은 그 안에 갇힌 신세다. 인간은 감옥에 갇힌 수감자다. 형기를 다 채우고 나면 영혼은 새처럼 하늘로 날아간다. 햄릿은 지금 자신이 있는 이곳 덴마크가 최악의 감옥 중 하나라고 말한다. 두 사람이 그 말에 동의하지 않자 햄릿은 대단히 흥미로운 철학을 펼친다. 로젠크란츠와 길든스턴이 덴마크를 감옥으로 받아들이지 않는다면 그것은 그들의 관점 탓이라고 말한다. 왜냐하면 그 자체로 좋거나 나쁜 것은 없으며 오직 생각이 그렇게 만들 뿐이므로.

햄릿의 이 말은 몽테뉴의 영향을 드러내준다. 존재는 존재론에서 말하는 것처럼 그 자체로 있는 것이 아니라 우리가 보는 것, 즉 관점에 종속되어 있다는 것이다. 하지만 로젠크란츠는 햄릿의 이런 태도에서 야망의 크기만을 볼 뿐이다. 햄릿은 호두알 속에 갇혀 있다고 해도 나쁜 꿈을 꾸지만 않는다면 자신을 무한한 공간의 제왕으로 느낄 수 있다고 반박한다. 대화는 이제 꿈 이야기로 옮겨간다. 길든스턴은 야망의 실체가 꿈의 본성 또는 꿈의 그림자라고 말한다. 로젠크란츠는 한술 더 떠서 그림자의 그림자라고 말한다. 그러자 햄릿은 다음과 같이 대답한다.

"야망이 단지 그림자의 그림자라면, 거지들은 그림자의 반대, 즉 실체인 셈이로군."

왜냐하면 거지들에게는 야망이 없기 때문이다. 그러므로 왕과 허세에 찬 영웅들은 모두 거지들의 그림자에 불과하다고 햄릿은 결론짓는다.

"I cannot reason!"

(난 이치를 따지지 못하겠어!)

햄릿은 이렇게 대화를 마무리하고는 두 사람이 덴마크로 온 진짜 이유가 무엇인지를 묻는다. 그는 이곳에서 그들을 부르러 사람을 보냈는지 궁금해한다. 하지만 두 사람은 직답을 회피한다. 그러자 햄릿은 오랜 우정을 나눈 친구로서, 같은 또래의 젊은이로서 자신에게 성실하게 말해줄 것을 거듭 요청한다. 그들이 정말로 제 발로 찾아왔는지, 아니면 부름을 받고 왔는지. 그러자 두 사람은 잠시 자기들끼리 의논한 뒤에 부름을 받고 왔노라고 고백한다.

"My Lord, we were sent for."

(전하, 저희들은 불려왔습니다.)

햄릿은 그들이 불려온 이유를 자기가 먼저 넘겨짚어서 말해보겠다고 한다. 그러면 두 사람이 직접 말할 필요가 없으므로 왕과 왕비에 대한 두 사람의 비밀 준수 의무도 손상되지 않을 거라면서. 그리고는 자신의 '변신'에 대한 거짓 동기를 두 사람에게 꾸며댄다.

이 부분은 르네상스적 인간상의 핵심을 보여주는 텍스트다. 우리는 여기서 플로리오^{Florio}에 의해 번역된 몽테뉴 철학의 영향을 읽을 수 있다.

"이 지구가 내겐 불모의 땅덩이로 보이는군."

우리는 햄릿의 이 말에 나중에 독백에 나오는 것처럼 "고뇌의 바다 가운데 있는"이란 표현을 덧붙일 수 있다. 여기서는 낙관적인 세계관과 염세적인 세계관이 극단적으로 맞부딪친다. 하지만 이 둘은 또한 서로 아주 밀접하게 연결되어 있다. 낙관주의가 좌절을 맛보면 정반대로 모든 의미가 공허해진다. 대립하는 부분들은 서로에게 예속되어 있다.

"보라고, 저 수려한 대기의 천개, 찬란하게 걸려 있는 창공, 황금 불꽃으로 수놓은 저 장엄한 지붕. 저런 게 내게는 병균이 우글거리는 썩은 증기 덩어리로밖에 보이지 않는다네. 인간은 참으로 걸작이 아닌가! 그 고귀한 이성! 무한한

71

능력! 생김새나 동작은 또 얼마나 놀랍고 감탄스러운지! 행동거지는 마치 천사와 같고, 이해력은 신에 버금가지 않냐 말이야! 세상의 아름다움이요 모든 살아 있는 것들의 귀감이지! 그런데 이 지상의 정수들이 내겐 하나도 예쁘게 보이질 않으니 이게 도대체 웬일이란 말이냐!"

하지만 햄릿의 이런 철학적 탄식은 두 귀족으로 하여금 말꼬리를 잡아 궁으로 오는 길에 만난 연극패 소식을 그에게 전하게 만드는 게 고작이다. 이제 옛 친구들의 대화는 새로운 주제로 넘어간다. 그들은 연극에 대해서, 특히 순회극단에 관해서 이야기를 나눈다. 셰익스피어 시대의 순회극단들은 대부분 도시에 고정된 극장을 두고 특정한 기간 중에만 순회공연을 했다. 순회극단은 주로 귀족들의 영지를 찾아다니며 그들에게 오락을 제공하였다.

햄릿은 여기서 이런 공연에 등장하는 전형적인 등장인물에 대해 말한다. 왕을 연기하는 배우는 찬사와 부귀영화를 받을 것이며, 모험을 떠나는 기사는 검과 방패를 쓰게 하고, 연인은 헛되이 한숨만 짓게 하지 않을 것이다. 어릿광대 역은 그저 사람들을 웃기기 위한 희극배우가 아니라 특정한 체액의 지배를 받는 격정적인 인물이 맡아야 하며, 이 배우는 대포처럼 박장대소를 터뜨릴 줄 아는 사람들에게 웃음을 선사해야 한다. 또 귀부인 역을 맡은 배우는 자유분방하게 말할 줄 알아야지 그렇지 않았다간 대사가 절름발이가 되고 만다. 비속한 표현들이라고 모두 없애다보면 대사의 운율을 제대로 살릴 수가 없기 때문이다. 그런데 지금 이들이 말하는 배우들은 누구인가? 그들은 원래 '도시 비극단' 소속의 배우들이다.

로젠크란츠가 '도시 비극단'이라고 부른 극단은 런던의 '로드 애드머럴즈 멘Lord Admiral's Men'을 말하는 것으로 보인다. 당시 이 극단에는 위대한 비극배우 에드워드 알레인Edward Alleyn이 활동하고 있었는데, 알레인은 주로 크리스토퍼 말로의 작품을 공연하였다. 다시 말해서 지금 이야기되는 극단은 셰익스피어 컴퍼니가 아니다. 셰익스피어의 명성은 이때까지만 해도 희극 분야에 한정된 것이었다.

우리는 햄릿이 평소에 '도시 비극단'의 공연을 즐겼다는 말을 듣는다. 그래서 그는 그들이 왜 순회공연에 나섰는지 궁금해한다. 도시에 그냥 머물러 있는 게 더 낫지 않았는가라고 물으면서. 이에 대한 로젠크란츠의 대답은 두고두고 논쟁거리가 된다.

"I think, their inhibition comes by the means of the late innovation."

(제 생각에 그들의 공연 금지는 최근의 정치적 소요 때문인 것 같습니다.)

여기서 'inhibition'은 법적 금지령을, 'innovation'은 정치적 소요를 말한다. 이 '정치적 소요'는 에식스 백작의 모반사건을 뜻하는 게 분명해 보인다. 셰익스피어가 속한 극단은 그 일로 공연 금지를 당하지 않았지만 '로드 애드머럴'

즈 멘'은 어떤 법적 문제와 관련하여 1601년에 공연 금지를 당했다.

그밖에도 로젠크란츠는 '도시 비극단'이 도시에서 별로 평판이 좋지 않다는 말도 하는데, 셰익스피어가 자기 극단을 이렇게 평했을 것으로는 보이지 않는다. 아무튼 평판이 좋지 않은 이유는 연기 솜씨가 나빠졌기 때문은 아니라고 한다. 비극단의 배우들은 예나 지금이나 똑같이 열심히 노력하고 있지만 문제는 한 떼의 어린애들이다.

실제로 당시에 소년극단이 큰 인기를 끌었는데, 특히 궁정의 소년합창대로 시작한 '예배당의 소년들(The Children of the Chapel)'과 세인트폴 대성당 부설 라틴어학교에 속한 '세인트폴의 소년들(The Children of St. Paul's)', 이 두 극단이 유명했다. 그중 한 극단은 벤 존슨의 작품을 주로 공연했고, 다른 한 극단은 마스튼, 채프먼, 미들턴, 데커, 웹스터 등의 작품들을 올렸다. 이들을 중심으로 1599년부터 1602년에 걸쳐 일명 '연극전쟁' 혹은 '시인들의 전쟁'이라고 불리는 싸움이 벌어진다. 전선의 한쪽에는 존슨이, 다른 쪽에는 마스튼과 데커가 있었다. 이 싸움터에서 대부분의 공연을 담당한 것은 소년극단들이었다. 이것이 바로 성인 연기자들이 지방으로 순회공연을 떠날 수밖에 없었던 이유였다. 지금은 이런 애들이 대유행이었다. 이 싸움에 연루되지 않은 작품은 아무도 관심을 두지 않았고, 싸움터는 온통 '애들' 차지였던 것이다.

"Do the boys carry it away?"

(싸우면 애들이 으레 이기는가?)

"예, 그렇고말고요. 헤라클레스와 그 짐까지 다요."

햄릿의 물음에 로젠크란츠는 이렇게 대답한다. 헤라클레스는 잠시 세상을 떠받친 적이 있다. 다시 말해서 여기서 헤라클레스의 짐이란 '글로브'를 말한다. 실제로도 헤라클레스는 글로브 극장의 상징이다. 그리고 지금 이곳 무대 위에서는 배우들은 셰익스피어 컴퍼니 소속의 배우들이 아니다. 극장을 찾는 관객들의 취향은 햄릿이 보기에 궁정 사람들이 자기 아버지에게서 새 왕에게로 재빨리 옮겨 붙는 것만큼이나 변덕스럽다.

앞서의 독백에서 햄릿은 클로디어스와 부친 햄릿 왕의 차이가 자기 자신과 헤라클레스의 차이만큼이나 크다고 말한 적이 있다. 나라를 다스리는 것은 헤라클레스와 같은 영웅의 일이다. 글로브 극장은 이제 '킹즈 멘King's Men'(셰익스피어가 속한 '로드 체임벌린즈 멘' 극단은 제임스 왕이 즉위하면서 왕의 후원을 받는 '킹즈 멘'으로 지정된다. ─옮긴이)으로 등장한다.

무대 위로 팡파르가 울린다. 배우들이 등장할 때면 거리에서건 극장에서건 항상 이런 팡파르가 울린다. 햄릿은 이제 조금 전과 다른 모습을 보인다. 그는 다시 공식적인 가면을 써야 한다. 중신들이 등장한다. 그에 앞서 햄릿은 로젠크란츠와 길든스턴에게 다시 한 번 공식적인 환영인사를 건넨다. 오늘날 정치가들이 카메라 앞에서 하는 것처럼 정중하게 손을 내밀며.

"이런 식으로 예의를 갖춰 환영인사를 하겠네. 배우들에
대한 내 진심어린 환대가 그들을 자네들보다 더 환영하는
것처럼 보여서는 안 되니까."

햄릿은 이렇게 말하고는 그들을 가까이 오게 한 뒤 모호한
귓속말을 한다.

"But my uncle-father and aunt-mother are deceived.
[…] When the wind is southerly, I know a hawk from a
handsaw."

(하지만 내 숙부 아버지와 숙모 어머니는 속으셨어.
[…] 바람이 남쪽으로 불어도 매와 왜가리 정도는 구분할
수 있지.)

여기서 매와 왜가리는 물론 로젠크란츠와 길든스턴을 빗
대어서 하는 말이다. 매사냥을 할 때 남풍이 불면 햇빛과 정
면으로 마주하게 되는데 그럴 경우 매와 왜가리를 구분하기
가 어렵다. 하지만 햄릿은 여기서 남풍이 불어도 자신은 그
들이 맹금류임을 알아볼 수 있노라고 암시하고 있다. 엘리
자베스시대의 회화에서 매와 왜가리가 싸우는 그림은 도상
학적으로 'agon mortis', 즉 죽음의 싸움을 뜻했다. 그때
폴로니어스가 다시 등장한다. 그는 햄릿이 미리 예측한 대
로 배우들의 일을 햄릿에게 고한다.

햄릿이 여기서 로마시대의 배우 로스키우스 이야기를 꺼
내는 것은 폴로니어스가 자신이 이미 다 알고 있는 내용을

뒷북치고 있다는 걸 놀리는 뜻이 있다. 하지만 로스키우스는 당시 영국에서 가장 유명한 비극배우였던 에드워드 알레인과 자주 비교되기도 했는데, 알레인은 셰익스피어의 경쟁 극단인 '로드 애드머럴즈 멘'의 배우였다. 그러므로 우리는 「햄릿」 초연에서 이제 곧 등장하게 될 '배우 1'이 알레인의 연기를 패러디하지 않았을까 생각해볼 수 있다. 햄릿은 폴로니어스가 여기저기 다 참견하고 다니는 것에 짜증스럽게 반응한다. 하지만 폴로니어스는 전혀 그런 기색을 눈치 채지 못한 채 각종 연극 장르를 뒤섞은 혼합 형태를 아는 체하며 자랑스레 늘어놓는다.

"비극, 희극, 사극, 목가극, 희극적 목가극, 목가극적 사극, 사극적 비극, 목가극적 사극적 희극적 비극, 무슨 극인지 알 수 없거나 무제한적인 극……."

여기서 '무제한적인 극(form unlimited)'은 아리스토텔레스의 시간과 장소의 통일을 지키지 않는 작품을 뜻한다. 극의 이런 구분은 세네카와 플라우투스의 대립으로 이어진다. 세네카가 '극작의 시학적 법칙(the law of writ)'을 엄격히 준수한 반면에 플라우투스는 '자유(the liberty)'를 따랐다. 동시에 'the law of writ'는 연극이 허용되지 않는 런던 시장의 관할권이었다면 'the liberty'는 시장의 관할권이 미치지 않는 지역들을 의미한다. 관할권에 대한 생각은 햄릿이 "이스라엘의 판관 입다Jephthah여" 하고 외칠 때도 나타난다. '입다'는 폴로니어스처럼 자신의 딸을 제물로 바

친 인물이자, 다른 한편으로는 데커와 먼데이가 1601년 7월
에 공연한 작품 「Jephta」의 제목이기도 하다. 햄릿은 그 작
품에 나오는 노래 한 구절을 인용한다.

"One fair daughter and no more, the which he loved
passing well."

(예쁜 딸 하나가 전부라, 애비는 끔찍이도 사랑하였네.)

이 딸이 이스라엘 판관의 보물이다. 여기서 햄릿은 입다
와 폴로니어스를 동일시한다. 또 이렇게 함으로써 자신이
사랑의 상처 때문에 미쳤다는 폴로니어스의 생각을 확인시
켜준다. 노래에는 우리로서는 쉽게 이해하기 힘든 말장난들
이 따라붙는다. 폴로니어스가 자신에게도 딸이 있다고 받아
치자 햄릿은 엉뚱하게 응답한다.

"Nay, that follows not."

(아니, 그게 나오는 게 아냐.)

이때 햄릿이 뜻하는 바는 노래의 다음 구절이다. 실제로
그는 다음 구절을 다시 노래하기 시작한다.

"As by lot got wot, it came to pass as most like it
was."

(신이 바라던 운명대로, 일은 기어코 터지고 말아.)

햄릿이 여기서 더 이상 언급하지 못하는 그 다음 구절은
이렇다.

"Great wars there should be."

(엄청난 싸움이 벌어지네.)

하지만 방금 말했듯이 그는 이 구절을 미처 노래하지 못한다. 그때 그가 자신의 "축소판(abridgment)"이라고 부른 배우들이 등장하기 때문이다.

햄릿은 배우들에게 인사를 건넨다. 나중에 "배우 1(the first player)"로 불리는 인물과는 각별히 잘 아는 사이로 보인다. 그가 "old friend"라고 부르는 이 배우는 마지막으로 본 이후로 모습이 바뀌어 얼굴이 온통 수염으로 뒤덮였다. 다음으로 햄릿은 여자 역을 단골로 맡는 극단의 소년에게 인사를 한다. 그는 소년이 지난번에 보았을 때보다 숙녀화의 굽 높이만큼 키가 더 자랐다고 농담을 하면서, 소년의 목소리가 오래된 금화처럼 갈라지지 않았기를 바란다고 말한다. 변성기를 맞은 소년 배우는 갈라진 금화처럼 못 쓰게 되기 때문이다. 인사를 마친 뒤 햄릿은 배우들에게, 매사냥의 번거로운 규칙을 따르지 않고 곧장 사냥감을 향해 매를 날리는 프랑스 매사냥꾼들처럼 곧장 솜씨를 한 번 맛보게 해 달라고 부탁한다. 그리고는 언젠가 들은 적이 있는 작품에서 "열정적인 대목(passionate speech)"을 직접 고르기 시작한다. 그는 그것이 비록 대중들에겐 인기를 끌지 못했지만, 안목이 있는 사람들의 취향에는 절제의 미덕을 잘 갖춘 탁월한 작품이라고 말한다.

우리는 여기서 당시의 예술과 연극비평에 대한 인상을 얻을 수 있다. 햄릿은 그 연극이 재미난 유머를 양념으로 첨가하지도 않고 작가가 격한 감정을 쏟아놓은 부분도 없지만,

장식적 기교보다는 자연스럽고 품위 있는 문체가 돋보인다는 누군가의 평을 언급하고는, 곧이 그런 평에 딱 맞는 구절을 떠올린다. 프리아모스의 죽음에 대해 아이네이스가 이야기하는 대목인데, 이 구절의 출처가 어딘지는 아직까지도 확인되지 않고 있다. 그래서 이것을 셰익스피어가 직접 썼으리라는 추측도 있다. 만약 그렇다면 여기서 셰익스피어는 그가 '디도와 아이네이스'에 관한 내시와 말로의 작품을 능가할 수도 있었음을 보여준다. 우리는 이제부터 세네카 스타일과 기존 작품에 등장하는 전령 보고를 과장되게 패러디한 대사를 듣게 된다.

이것은 트로이의 함락에 대한 이야기다. 분노에 찬 피로스는 늙은 프리아모스를 찾아내고는 그를 내려치려 칼을 치켜든다. 그때 불타는 트로이의 성루도 놀란 듯 바닥으로 무너져 내린다. 피로스는 칼을 치켜든 채 꼼짝도 하지 않는다. 마치 그림 속의 폭군처럼 멈춰 선 채 아무런 행동도 하지 않는다. 이것은 아비 바르부르크Aby Warburg가 '기억의 심상(engram)'이라고 부른 격정의 한 방식으로, 극대화된 흥분의 표현이다. 바르부르크가 보기에 이런 표현은 에너지가 화석화된 상태로, 원초적 공포에 대한 반응을 담고 있다. 고대미술에서는 이런 그림을 통해 흥분과 반응 사이에 이성적인 사유의 공간을 열어줌으로써 공포와 거리를 두게 만든다. 동시에 이 장면은 햄릿이 처한 상황을 미리 보여주는 역할도 한다. 햄릿은 뒤에 이처럼 칼을 치켜들고서 클로디어스 왕 앞에 서지만 그를 내려치지 못한다. 피로스의 망설임은 햄릿의 망설임이다.

그러나 이 망설임은 폭풍 전야의 고요에 불과하다. 격정이 폭발하여 절정으로 치닫는 순간, 폴로니어스가 끼어든다.

"이건 너무 장황해!"

그러자 햄릿은 춤이나 야한 이야기가 안 나오면 폴로니어스는 곧 잠들어버린다며 화를 낸다. 하지만 다음 대사에서는 햄릿도 가만히 있지 못하고 끼어든다.

"But who, o who, had seen the mobbled queen?"

(허나 누가, 아아 누가 저 낯가린 왕비를 보았던가?)

'mobbled'는 보자기를 뒤집어썼다는 뜻을 지닌 단어 'muffled'의 방언이다. 슐레겔은 이것을 '덜덜 떠는'으로 번역했지만 '얼굴을 가린'으로 해석하는 것이 옳다. 그래야 다음에 이어지는 폴로니어스의 칭찬도 맥락이 통한다.

마지막 부분에서 배우는 스스로 감정을 주체하지 못한다. 이로써 배우의 연기 지체가 구경거리가 된다. 폴로니어스는 이런 배우의 행동에 몹시 감동한다. 그는 배우의 얼굴색이 완전히 변하고 눈에서 눈물이 흐르는 것을 보고는 이제 그만하라고 말한다. 햄릿은 폴로니어스에게 배우들을 숙소로 잘 인도하라고 부탁한다. 그리고 그들이야말로 진실한 '시대의 연대기'이므로 잘 대해주는 것이 좋을 것이라고 경고한다. 살아 있는 동안 그들의 험담을 듣느니 차라리 죽은 뒤 묘비에 나쁘게 기록되는 게 나을 것이라며, 폴로니어스가 그들을 값어치에 따라 알맞게 대접하겠다고 대답하자 햄릿은 날카롭게 반응하며 자비를 설교한다.

"우리가 모두 각자의 값어치에 따라 대접을 받는다면 아무도 온전히 자신을 보존할 수 없을 거요."

중요한 것은 사람의 값어치를 따지는 게 아니라 스스로의 명예심이라고 햄릿은 말한다. 이는 궁정 처세술의 가르침이기도 하다.

폴로니어스가 배우들을 숙소로 데려가려 할 때 햄릿은 '배우 1'을 불러 세운다. 무슨 꿍꿍이가 있는 게 분명하다. 그는 '곤자고의 살해'란 극작품을 내일 저녁 공연으로 준비해달라고 배우 1에게 부탁한다. 그리고 공연할 때 햄릿 자신이 직접 쓴 몇 줄의 대사를 넣어달라고도 말한다. '곤자고의 살해'는 나중에 「햄릿」 안에서 극중극으로 직접 공연된다.

배우 1이 물러간 뒤에 햄릿의 두 번째 독백이 시작된다. 여기서 햄릿은 진실을 밝히기 위한 수단으로서 연기에 대해서 성찰한다. 햄릿은 배우가 제 영혼에 "스스로의 상상 (his own conceit)"을 강제로 주입시킨 결과 외모가 바뀔 정도로까지 감정이입되는 것에 놀라워한다. 배우는 얼굴이 창백해지고 눈에 눈물이 글썽이는 등 완전히 정신이 나간 모습에 목소리까지 잠긴다.

"무엇 때문에?" 햄릿은 묻는다.

"있지도 않은 것 때문에! 헤쿠바 때문에!"

"What's Hecuba to him or he to Hecuba, that he

should weep for her?"

(헤쿠바가 그에게 무엇이며, 그는 헤쿠바에게 무엇이건데, 그 여인을 위해 그가 운단 말인가?)

헤쿠바는 피로스에게 살해당한 프리아모스의 미망인이다. 이 여인이 그 배우에게 도대체 무슨 의미가 있기에 그는 그녀 때문에 눈물을 흘리는가? 헤쿠바는 거트루드 왕비처럼 남편을 잃은 과부다. 그 헤쿠바를 위해 지금 배우는 울고 있다. 여기서 햄릿은 자신을 그 배우와 동일시한다. 햄릿은 전에 자기 어머니와 말할 때도 이런 연기의 모티브를 끌어들인 적이 있다. 그때 그는 슬픔을 과시하는 것은 누구나 연기할 수 있는 행동이라고 말했다. 그리고 지금 그와 같은 연기가 벌어지고 있다. 진짜 배우를 통해서.

"Tears in his eyes, distraction in's aspect, a broken voice……."

(두 눈에 눈물이 글썽이고, 정신 나간 모습에 목소리는 잠기고…….)

이 모든 게 존재하지도 않는 것 때문이다! 이어서 햄릿은 묻는다. 만약 그 배우에게 자신과 같은 격정적인 동기와 이유가 있다면 과연 어떻게 될까? 그는 무대를 눈물로 채우고, 무시무시한 대사로 관객들의 귀를 찢어놓고, 죄인은 미쳐버리고, 죄가 없는 이는 공포에 떨게 만들 것이며, 무지한 자들을 혼란에 빠뜨리고, 눈과 귀의 기능을 더 이상 믿을 수 없게 만들 것이다. 햄릿은 이런 장면에 자기 자신의 모습을

대비시킨다. 무디고 나약한 놈, 제 할 일을 밀쳐둔 채 몽상
가처럼 아무 행동도 하지 못하는 놈이다.

"나는 겁쟁이인가?"

햄릿은 스스로에게 묻는다.

"누가 나를 나쁜 놈이라고 부른다면? 내 머리통을 후려갈
기고, 내 수염을 잡아 뜯어서 면상에 대고 분다면? 코를 비
틀면서 거짓말쟁이라고 욕을 한다면? 하! 그래도 난 그걸
감수할 거야. 틀림없어. 내 간은 콩알만 하니까. 난 쓸개가
없어서 그런 모욕의 쓴맛을 느끼지도 못할 테니까. 아니면
이 쓰레기 같은 놈의 살덩이로 하늘의 독수리 떼를 살찌우
던가."

여기서 햄릿은 자신을 명예를 잃은 자로 묘사한다. 수치
스런 모욕을 그냥 감수하는 자이다. 흥분이 고조되면서 그
는 발작적으로 자기경멸을 쏟아낸다. 명예심의 상실이 자기
경멸로 이어진다. 문제가 자기 자신과 관련된 것일 때 우리
는 쉽게 모순에 빠진다. 사람에게는 스스로 자기 자신에게
요구할 수 없는 특성이 있다.) 요구하는 행위가 이미 요구되
는 특성과 모순되기 때문이다. 예를 들면, 우리는 스스로에
게서 독창성을 바랄 수 없다. 독창적이고자 노력하는 순간
우리는 독창성의 틀을 모방하게 된다.

햄릿은 실례를 통해 이를 보여준다. 그는 스스로의 확실
성을 연기한다. 여기에는 이중모방이 사용된다. 먼저 배우
는 피로스를 연기하면서 분노에 찬 인물을 모방하고, 그 다

음은 헤쿠바를 위해 눈물을 흘리는 자를 모방한다. 그리고 햄릿은 이 배우를 모방한다. 즉 그는 모방자를 모방한다. 이를 위해서 햄릿은 스스로를 격정으로 채운다. 그는 자기경멸과 혐오로 이런 격정적인 감정을 자극하며 폭발시킨다.

"Bloody bawdy villain! Remorseless treacherous lecherous kindless villain!"

(잔인하고 음탕한 악당! 잔악하고 음흉하고 호색무치한 악당!)

하지만 이런 폭발의 순간에 햄릿은 자신의 불확실성을 통찰한다.

"Why, What an ass am I?"

(이 무슨 못난이란 말인가?)

"고귀한 부친이 살해당한 아들, 천국과 지옥으로부터 복수를 재촉받은 내가 창녀처럼 말로만 가슴을 비우고, 잡놈처럼 입으로만 저주를 퍼붓는구나!"

이로써 햄릿은 그 배우가 자신의 역할모델이 될 수 없음을 고백한다. 그가 보여주는 장황한 스타일의 인물은 전통적인 복수극이나 세네카 비극에나 어울린다.

"About, my brains!"

(머리를 굴려봐!)

햄릿은 곧이어 이렇게 소리친다. 이때도 그는 연극의 모델을 염두에 두고 있다. 죄 지은 자들이 연극을 보면 장면에 몰입한 나머지 은연중에 자신의 악행을 스스로 드러낸다는 걸 햄릿은 알고 있다. 이는 요즘의 실례를 통해서도 입증된 사실이다. 연극은 은밀한 살인행위에 이를 발설하는 입을 부여한다. 배우가 바로 살인의 입이다. 햄릿의 계획은 배우들에게 자기 부친의 살해사건과 아주 비슷한 연극을 공연하게 한 뒤, 그것을 숙부에게 보여주면서 그의 반응을 살피는 것이다.

"그가 안색이 변한다면 내 할 일은 정해진다."

곧이어 그는 말한다.

"내가 본 유령이 악마일지도 몰라."

악마는 마음대로 제 모습을 위장하는 힘이 있는데, 그런 것은 햄릿 자신처럼 멜랑콜리에 빠진 사람에게 특히 잘 먹힌다.

"그러므로 내겐 유령이 말해준 것보다 훨씬 더 확실한 근거가 필요해."

유령은 연극을 통해 두 가지의 형태로 나타난다.

"The play's the thing, wherein I'll catch the conscience of the King."

(이 연극은 왕의 양심을 붙잡을 수단이야.)

앞서 유령이 직접 등장했다면 이번에는 배우가 등장한다. 유령은 이제 무대 위에서 모습을 나타낸다. 유령이 보이지 않는 사람들에게 연극무대는 과거의 혼령을 불러내는 주술의 장소다. 연극은 '내적 극장'으로서 주관의 선행자가 된다.

3막 1장

셰익스피어는 항상 3막에서 극을 절정으로 몰아간다. 우리는 은밀한 협조자인 로젠크란츠와 길든스턴이 왕과 왕비에게 햄릿과의 만남에 대한 첫 보고를 전하는 장면을 보고 있다. 왕은 조바심을 감추지 않는다. 왕은 그들이 대화를 통해 햄릿이 광증을 보이는 이유를 알아냈는지 궁금해한다. 그들은 아직 그 원인에 접근하지 못했다고 말한다. 햄릿이 교묘한 광기로 가린 채 좀처럼 속마음을 털어놓지 않기 때문이다. 그들은 햄릿이 내켜하지 않으면서도 그들을 잘 맞아주었고, 대화할 마음이 별로 없으면서도 그들의 질문엔 선선히 대답해주었다고 말한다. 그가 배우들 이야기에는 매우 활기차게 반응했으며, 오늘 저녁에 벌써 공연을 하도록 지시하더라는 말도 한다. 폴로니어스는 두 사람의 말이 사실임을 확인해준 뒤 햄릿이 왕과 왕비에게 연극 관람을 간청하더라고 전한다.

이 소식은 왕과 왕비에게 대만족이다. 모든 절대군주는 자기 궁정의 젊은 귀족들이 게임, 운동, 오락 따위에 몰두하는 걸 반긴다. 그런 걸 즐기면 자신에게 대항할 생각을 품지 않기 때문이다. 이런 이유에서 연극 공연은 세련된 궁정문화로 자리 잡는다. 이것은 왕의 환심을 살 수 있을 뿐만 아니라 귀족들에게는 소일거리를 주는 역할도 하였다. 클로디어스 왕도 두 사람에게 햄릿을 더욱 그런 오락에 탐닉하게 하라고 지시하고는 자신도 공연을 관람하겠다고 말한다.

두 사람이 왕 앞에서 물러가자 이번에는 폴로니어스가 딸 오필리어에게 작은 연극을 연출하도록 지시한다. 앞서도 보았듯이 햄릿은 늘 책을 읽으며 이곳을 거닌다. 그러므로 이곳에 있으면 오필리어는 햄릿의 눈에 쉽게 띌 수 있다. 왕과 왕비에게 그는 휘장 뒤에 몸을 숨기고 두 사람의 만남을 지켜보라고 말한다. 폴로니어스는 마치 연출가가 된 듯 왕과 왕비 그리고 오필리어 사이를 바쁘게 오가며 이런저런 지시를 내린다.

"오필리어, 너는 여기서 왔다 갔다 하고 있거라!"

그리고 왕을 향하여 말한다.

"전하, 괜찮으시다면 전하께서는······."

그는 왕을 벽의 휘장 뒤로 인도한다. 그리고는 다시 오필리어에게로 간다.

"이 책을 읽고 있어라!"

그 책은 "기도하는 체하라"는 폴로니어스의 다음 지시로 보아 기도서일 것이다. 그런 모습으로 있으면 그곳에 홀로 있는 구실이 될 거라고도 말한다. 폴로니어스의 이런 말은 클로디어스로 하여금 처음으로 자신의 죄책감을 드러내게 만든다. 그는 폴로니어스의 말이 자기 양심에 채찍질을 가한다고 말하면서, 자신이 번드레한 수사로 추한 행위를 가리는 것은 창녀가 뺨에 화장품을 처바르는 것과 같다고 한탄한다. 이 같은 비교는 이 장면에서 아비가 딸의 포주 노릇을 하고 있음도 은연중에 암시한다. 폴로니어스는 앞서도 오필리어를 햄릿에게 풀어놓겠다고 말한 바 있다. 햄릿이 여기서 보이는 반응을 제대로 이해하려면 우리는 그가 지금 꾸며지고 있는 계획을 미리 엿듣고 제 편에서 먼저 숨은 관객을 위해 연기를 한다는 사실을 알아야 한다. 하지만 그 전에 먼저 우리는 햄릿의 독백을 들어야 한다. "죽느냐 사느냐 그것이 문제로다"로 시작되는 유명한 독백 말이다.

여기서 햄릿은 인간의 가장 중요한 주제라 할 죽음의 문제를 다룬다. 이 주제가 햄릿이 극 중에서 읽으며 다니는 책의 내용과 무관하지 않으리란 것은 분명하다. 이와 관련하여 사람들은 몽테뉴의 에세이 「철학은 죽음을 배우는 일이다」 와 「행복에 대한 판단은 죽고 난 뒤에 내려야 한다」 두 편을 자주 언급한다. 죽음에 관해서 얘기할 때 몽테뉴도 연극의 모티브를 사용한다. 그는 우리가 모든 것에 대해 거짓 연기를 꾸며낼 수 있지만 죽음과 대면하는 마지막 장에 이르러서는 더 이상 연극을 할 수 없다고 말한다. 이때 몽테뉴는 루크레티우스를 인용한다. 그는 겁쟁이들이 죽음에 대한 생각을 떨쳐버리기 위해 시도하는 노력들에 대해서 성찰한다. 그들은 겁에 질려 죽음을 생각하지 않으려하고, 마치 짐승과도 같은 무관심으로 죽음과 거리를 두려고 애쓴다. 이렇게 해서 죽음을 피할 수만 있다면 괜찮지만 인간은 아무도 그럴 수 없다. 죽음은 아무리 도망치려 발버둥 쳐도 우리를 놔주지 않는다. 그러므로 몽테뉴는 이럴 때 도망치려 애쓰는 것과 과감히 그에 맞서는 것 중 어느 것이 더 나은지 묻는다. 그는 물론 나중 것을 선택한다.

몽테뉴는 다양한 방식으로 죽음을 상상함으로써 그것과 친근해질 것을 권한다. 그렇게 해야만 우리는 죽음에 좀 더 당당한 태도로 맞설 마음의 준비를 할 수 있다. 그렇게 할 때만 우리는 'ars moriendi', 즉 죽음의 기술을 익힐 수 있다. "죽는 법을 깨달은 사람은 어떤 일에도 압박을 느끼지 않는다. 죽는 것을 불행으로 여기지 않는 사람의 삶에 나쁜 일이란 없다. 궁극적으로 피할 수 없는데 무엇 때문에 뒤로 물러나는가?" 전혀 경험해보지 못한 것을 거부하려고만 드는 것은 어리석은 짓이라고 몽테뉴는 말한다.

세네카의 『인생의 짧음에 관하여(De brevitate vitae)』는 셰익스피어와 몽테뉴의 참고자료 목록에 모두 등장한다. 세네카는 여기서 키에르케고르나 하이데거와 비슷한 논리를 편다. 인생에서 중요한 것은 우리들이 자신의 시작과 종말을 하나의 시간으로 묶는 삶의 통일을 이루어내느냐 여부다. 자율적인 인간은 자신에게 맡겨진 삶의 자산을 어떻게 운영해야 하는지 알고 있으며, 따라서 죽을 때가 언제인지도 안다. 죽음에 대한 태도는 한 인간의 삶을 어떻게 평가할지 결정한다. 이런 생각을 철학에서 '실존주의'라고 부른다.

키에르케고르와 하이데거를 통해서 철학은 처음으로 이 주제에 관심을 기울인다. 키에르케고르는 자신의 저서들 중 하나에 『죽음에 이르는 병』이라는 제목을 붙였고, 하이데거는 실존을 "죽음으로 가는 예선경기"로 규정했다. 이들에 따르면 죽음은 인간의 현존이 뛰어넘을 수 없는 절대적 경계지만, 동시에 실존을 구성하는 근본적인 바탕이다. 인간 존재의 총체성은 이 절대적 경계에 의해 결정된다. 다시 말하면 죽음은 한 인간의 생애 전체에 통일성을 부여한다. 실존은 시작에서부터 종말까지 모두 사고될 때 비로소 역사적이 된다. 또 그렇게 될 때만 삶에 대한 생각은 의미를 띨 수 있다.

　이는 이제까지 「햄릿」을 다룬 책들에 단골로 등장하는 해석이다. 여기에 나는 자주 거론되지 않는 두 가지 관점을 더 추가시키고 싶다. 하나는 필립 아리스Philipp Aries의 책 『죽음에 대한 서양의 태도(Western Attitudes Towards Death)』[Johns Hopkins University Press, 1974]에 나타난 관점이다.

　아리스는 근대로 이행하는 과정에서 죽음이 더욱 두렵고 끔찍한 것으로 바뀌었음을 강조한다. 중세시대에 죽음은 인생의 한 과정과 같은 것으로 항상 준비하고 기다리는 대상이었다. 당시 사람들은 공공연한 의식을 통해 죽음을 연출하였다. 죽음을 맞는 방은 공적인 장소나 다름없었고, 근대 초기까지도 의사들은 임종 때 사람들이 너무 북적거린다며 투덜거렸다. 여기에 연옥의 추방과 관련하여 앞서 언급했던 산 자와 죽은 자의 동시성까지 추가된다. 저승은 이승과 동시에 존재하는 공간이며, 초월성과 내재성의 차이 때문에 현재는 둘로 쪼개져야 했다. 죽은 자들은 산 자들과 동일한 시간 안에 존재하며, 간단히 저승과 이승을 옮겨 다닐 수 있다. 죽음과 친근하다는 것은 죽은 자들과도 친근함을 뜻한다.

하지만 르네상스시대에는 죽음에 대한 이런 태도가 바뀐다. 죽음은 극히 개인적인 사건이 된다. 이런 경향은 최후의 심판을 개인의 인성과 연결 지어 생각하기 시작한 것에서도 잘 나타난다. 생의 마지막에 사람들은 누구나 자신의 심판날을 맞게 된다. 그가 살면서 행한 착한 일과 나쁜 일은 모두 책에 기록되어 있다. 이 책— 'liber vitae(생명의 책)'—은 개인의 죄를 결산하는 일종의 회계장부이며 저 세상으로 떠나는 여권이기도 하다. 하지만 이 책은 이승에서의 삶이 끝난다고 기록을 멈추는 것이 아니라 최후의 심판이 벌어지는 종말의 날이 되어야 비로소 완결된다.

이 '생명의 책'을 읽고 있는 햄릿의 모습에는 삶과 죽음의 두 영역이 모두 나타나고 있다. 임종의 순간에 자신의 모든 삶이 눈앞에 펼쳐진다는 생각은 오늘날에도 흔히 하는 상상이다. 그와 같은 결산에 임하여 어떤 행동을 취하는가는 그 사람의 인생을 판단하는 중요한 증거가 된다. 그에 따라 죽음은 더욱 극적인 것이 되며, 삶과 죽음의 대립은 한층 더 첨예하게 부각된다. 이 같은 죽음의 극화는 시체, 뼈, 해골 따위의 이미지에 대한 강조로 이어진다. 여기에는 자아의 개별성과 살아 있는 기쁨에 대한 자의식이 표현되어 있다. 죽음의 이미지는 자신이 살아온 인생이며 각별히 사

랑하고 아낀 것들의 이미지와 강하게 대비된다. 죽음의 순
간은 가장 강력한 자의식의 순간이다.

이 모든 것은 또한 로미오와 줄리엣에서 보여준 것과 같은
죽음과 사랑의 동시성을 준비한다. 죽음은 이제 에로틱한
것으로 바뀌어 키스와 함께 찾아온다. 죽음을 둘러싼 이와
같은 대비는 르네상스시대에 들어서 강하게 나타나기 시작
한다. 이제껏 조용히 억눌려온 죽음은 비방이 되고 모욕이
된다. 사람들은 심지어 죽음을 도전으로 받아들이기까지 한
다. 여기서 이 주제와 관련해 내가 말하려는 두 번째 관점으
로 넘어간다. 그것은 바로 명예심이다.

결투는 최후의 심판이 지상에서 미리 실현되는 방식이다.
결투를 통해서 사람들은 죽음 자체와 맞선다. 결투는
'agon mortis(죽음의 싸움)'의 극적인 표현이다. 나는 이것
이 지금 햄릿이 하는 독백의 내용이라고 생각한다. 둘째 행
에서 벌써 그는 '명예'에 관해서 언급한다.

"Whether it is nobler in the mind······."

(어느 것이 더 고귀한 정신인가······.)

햄릿은, 난폭한 운명의 화살과 돌팔매를 앞서 말했던 겁
쟁이처럼 그냥 참고 맞는 것과, 무기를 들고 고난의 바다에
맞서 끝장을 보는 것 중 어느 것이 더 명예로운 일인지 묻는
다. 독백에서 햄릿은 삶이 인간에게 가하는 고통에 주목한
다. '채찍과 비웃음(whips and scorns of time)', '압제자
의 부당한 처사와 권세가의 무례(the oppressors' wrong,

the proud man's contumely)' 등은 모두 결투를 부르는 모욕들이다. 햄릿이 씌어지던 시대에 결투는 '법률의 태만(the laws' delay)'과 '관리들의 오만(the insolence of office)'을 대체하는 수단이었다.

명예의 규범은 앞에서도 이미 말했듯이 존경심을 얻고 잃는 일에 결정적인 조건으로 작용한다. 그러므로 신분이 이미 결정된 사회에서 결투는 이런 존경심의 획득 여부를 가늠하는 시금석이 된다. 여기서 각자는 자신이 죽음을 두려워하지 않음을 보이고, 명예를 잃느니 차라리 죽음을 택하리란 뜻을 확실하게 알린다. 명예는 증명되어야 한다. 그것은 죽음과 대면하는 시험이다. 이제 삶은 죽음과 하나로 묶인다. 이로써 결투는 참가자가 명예에 자신의 전 존재를 건다는 사실을 드러내준다.

이렇게 볼 때 한 사람의 삶은 그의 자존감에 어긋나는 모욕들의 총합으로 받아들여질 수도 있겠다. 명예에서 문제가 되는 것은 물질적인 해가 아니라 무시와 경멸이다. 따라서 비겁하다는 비난은 명예심을 특히 심하게 손상시킨다. 이 비난은 두려움과 불이익 회피라는 차상위 관점에 대한 고려를 가로막으며, 오로지 그 반대를 증명해야만 철회될 수 있다.

햄릿은 죽음과 관련된 모든 관점들을 끌어들인다. 죽음 자체는 더 이상 문제되지 않는다. "To die, to sleep, no more(죽는 건 자는 것일 뿐)", 하지만 유한한 삶의 혼란에서 벗어났을 때 우리는 이 죽음의 잠 속에서 어떤 꿈을 꾸게 될까? 이 의문이 우리를 멈추게 만든다고, 인생의 고단함을 오래 지속되게 만드는 이유라고 햄릿은 말한다. 그리고는 그 모든 모욕을 아무런 저항도 불평도 없이 받아들이는 자에 대한 장황한 물음들이 이어진다. 그것은 죽음 이후의 무언가에 대한, 아무도 돌아온 적이 없는 저 미지의 나라에 대한 두려움 때문이다. 이 두려움은 우리의 의지를 마비시킨다. 알지 못하는 곳으로 도망치느니 차라리 이미 알고 있는 재난을 견뎌내도록 만든다. 이것이 "우리 모두를 비겁자로 만드는" 생각이다. 이런 생각 때문에 우리는 자존감을 잃게 된다.

이처럼 죽음은 결투 상대자로서 간주된다. '죽음의 싸움'에서 죽음에 당당히 맞서는 것은 명예의 문제다. 그러므로 이 독백은 운명과의 결투를 앞두고서 행하는 명예에 대한 성찰이다. 포르투나로 의인화된 운명은 햄릿에게 견디기 힘든 모욕을 가한다. 그는 이 모욕을 참고 받아들이는 것과 목숨을 걸고 맞서 싸우는 것 중 어느 것이 자신의 명예에 더 부합하는지 스스로 묻는다. 이때 햄릿은 자신을 운명의 화살이 쏟아지는 포위된 요새에 비유한다. 이에 맞서 자신을 방어하려면 포위를 뚫고 나아가야 한다. "sea of trouble", 고난의 바다에는 끊임없이 운명의 파도가 밀려든다.

이런 상황과 관련하여 독백은 햄릿이 오필리어를 생각하지 않고 몽테뉴를 읽고 있었음을 보여준다. (물론 그가 자발적으로 그녀를 찾은 것이 아니라 오필리어가 그에게로 보내진 것이긴 하지만.) 그리고 몽테뉴는 그를 죽음 뒤에 찾아올 악몽에 대한 상념으로 이끈다. 소크라테스의 변명을 요약하면서 몽테뉴는 영어로 이렇게 말했다.

"If death be a consummation of one's being, it is also an amendment and entrance into a long and quiet life. We find nothing so sweet in life as a quiet rest and a gentle sleep without dreams."

여기서 몽테뉴가 사용한 단어들은 햄릿의 독백에도 등장한다. "죽음이 존재의 완성이라면 그것은 길고 조용한 삶으로 들어가는 문이며 삶의 개선이다. 인생에서 조용한 휴식과 꿈 없는 평온한 잠보다 더 달콤한 것은 없다." 햄릿은 여기에 영원이 함정일 수도 있다는 성찰을 보탠다. 거기에 악몽이 준비되어 있을지도 모른다.

오필리어가 지금 자신을 기다리는 이유를 알고 있는 햄릿은, 그녀를 보는 순간 그런 악몽을 떠올렸을 것이다. 오필리어에게 건네는 그의 말은 몹시 빈정대는 투다. 그녀를 "요정"이라고 부른 것부터 너무 과장되어 있다. 그녀 쪽에서 인사를 건네자 이번에는 지나칠 정도로 공손하고 정중하게 대답한다.

"I humbly thank you, well, well, well."

(황송하게도 더 없이 잘 지냅니다.)

그는 이쯤하고 그곳을 떠나려하지만 오필리어는 그의 길

을 가로막고 선물 이야기를 꺼낸다. 그녀는 그가 자신에게
준 선물들을 돌려주겠다고 말한다. 이때 햄릿의 대답에서는
특히 "you"가 강조될 필요가 있다.

"No, no, I never gave you aught."

(아니, 아니 난 당신에게 아무것도 준 적이 없소.)

이 말의 뜻을 풀이하면 "내가 선물을 주었던 오필리어는
이제 없다", "그녀는 다른 낯선 오필리어가 되었다" 정도가
될 것이다. 하지만 오필리어는 계속해서 고집을 부리며 햄
릿이 준 선물을 품에서 꺼내 그에게 도로 건넨다. 그리고는
그를 먼저 거절했던 그녀가 이제 그를 향해 마음이 식었다
고 불평한다. 햄릿은 적어도 이때부터는 오필리어가 미끼로
이용되고 있다는 걸 확실히 의식했을 것이다. 오필리어가
선물을 미리 준비해 왔다는 건 이 만남이 사전에 계획된 것
임을 드러내준다. 햄릿은 벽의 휘장 뒤에 폴로니어스와 클
로디어스 숙부가 숨어 있음을 눈치 채고 갑자기 어조를 바
꾼다.

"Ha, ha, are you honest?"

(하하! 당신은 순결하오?)

햄릿은 이렇게 말하며 주위를 슬쩍 둘러봄으로써 관객에
게 자신이 상황을 눈치 챘음을 알려줄 수도 있다. 이제부터
그가 하는 말은 모두 그에게 이미 발각된 염탐꾼들을 향한
다. 오필리어에 대해서도 이제 더 이상 자기편으로 생각하
지 않는다. 그녀는 적들의 음모에 동조한 공모자일 뿐이다.

그녀에 대한 신뢰는 바닥에 떨어졌다. 햄릿의 거칠고 불손한 태도는 이로써 설명된다. 이런 배경에서 보면 두 사람의 기이한 대화는 대략 다음과 같이 전개 된다.

"당신이 고운 자태만큼이나 정말로 순결하다면 그 아름다움이 미끼로 쓰이도록 놔두지 마시오."

물론 오필리어는 햄릿의 말에 담긴 이런 속뜻을 이해하지 못하고 되묻는다.

"아름다움과 정조의 결합보다 더 좋은 게 있을까요?"

이 물음에 햄릿은 이렇게 답한다.

"육체의 아름다움은 미덕보다 강한 법이라오. 그것은 미덕을 자기 뜻대로 이용하고 팔아먹지요. 이제까지 이런 건 못 믿을 말로 치부되었지만 지금 당신의 행동이 그걸 증명하고 있소."

여기서 햄릿은 자기 어머니도 끌어들이면서 오필리어를 여성의 나약함과 동일시한다. 이 텍스트는 앞서 거트루드 왕비가 한 말과 연결되면서 더욱 설득력을 지닌다. 그때 왕비는 오필리어에게 이렇게 말한다.

"Ophelia I do wish that your good beauties be the happy cause of Hamlet's wildness; so shall I hope your virtues will bring him to his wonted way again."

(오필리어, 나는 네 미모가 햄릿이 정신 나간 다행스러운 이유이면 좋겠구나. 그래서 너의 미덕이 그를 가던 길로 되돌리길 바란다.)

이와 같은 '미덕'과 '아름다움'의 대립이 지금 햄릿의 말에서도 되풀이된다.

"The power of beauty will sooner transform honesty from what it is to a bawd than the force of honesty can translate beauty into his likeness."

(미모가 정절을 매춘부로 바꾸는 것은 정절이 미모를 자기처럼 바꾸는 것보다 훨씬 순식간이라오.)

이런 말이 예전에는 궤변이라 불렸지만 시간은 그것이 진리임을 증명한다. 이제 햄릿은 직접 그 궤변을 입에 올린다.

"I did love you once."

(난 한때 당신을 사랑했소.)

그리고 바로 다음 햄릿은 정반대를 말한다.

"I loved you not."

(난 당신을 사랑하지 않았소.)

그 사이로 설명이 끼어든다. 햄릿은 자신의 이런 궤변을 "원줄기(old stock)"의 탓으로 돌린다. 원줄기는 햄릿 자신이 갈라져 나온 곳, 즉 그의 어머니를 말한다. 썩은 원줄기에 아무리 미덕을 새로 접목시켜도 악덕은 사라지지는 않는다. 그래서 그는 그녀를 사랑한 적이 없었노라고 말한다. 죄에 물든 여인인 거트루드 왕비는 자기와 마찬가지로 죄인인 자식밖에 낳을 수 없으며, 오필리어 역시 햄릿과 사랑을 나눈다면 죄인을 잉태하게 될 것이다.

햄릿은 그녀에게 수녀원(Nunnery)으로 갈 것을 권한다.

하지만 'Nunnery'는 유곽을 뜻하는 은어이기도 하다. 죄에 물든 어미의 자식으로서 그는 자기 자신을 향해 혹독한 비난을 퍼붓는다. 자신을 복수심과 야욕에 불타는 죄인으로 묘사하는 이 비난은 실제로는 클로디어스에게 들으라고 하는 말이다. 햄릿은 지금 자기 권리를 빼앗긴 불만에 찬 왕위 계승자를 연기하고 있으며, 이는 클로디어스 왕을 큰 불안에 빠뜨린다. 그러더니 불현듯 햄릿은 오필리어에게 진실을 말할 마지막 기회를 준다.

"당신 아버진 어디 있소?"

그러나 그녀는 다시 거짓으로 대답한다.

"집에요, 왕자님."

그는 물론 그 말이 거짓임을 안다. 따라서 이 말은 그녀의 배반을 다시 한 번 증명해줄 뿐이다. 그는 집 안의 문을 모조리 닫아걸어서 그녀의 아버지가 집 안에서만 바보짓을 하게 만들라고 오필리어에게 충고를 하고는 작별을 고한다. 어쩌면 햄릿은 가는 척하다가 갑자기 돌아와서 휘장 뒤에서 나오는 염탐꾼들을 놀래줄 생각이었는지도 모른다. 아무튼 그는 갑자기 돌아와서 오필리어에게 한층 더 심한 말로 비난을 퍼붓는다. 그는 이제 그녀를 거의 창녀처럼 취급한다. 그녀에게 굳이 결혼을 해야겠으면 바보와 하라고 말한다. 현명한 사람이라면 여자가 자신을 어떤 괴물로 만드는지 잘 알 테니까. 이 말은 여자들이 하나같이 남편에게 오쟁이를 지운다는 뜻이다.

햄릿은 이렇게 말하고 다시 밖으로 나갔다가 또다시 급히 뛰어들어 와서는 오필리어에게 여자들의 허세와 화장에 관한 비난을 한층 더 거세게 퍼붓는다. 그리고는 미쳐버린 왕처럼 결혼 금지령까지 선포한다. 이미 결혼한 자들은 그대로 살아가도록 놔둘 것이되 단 한 사람만은 예외를 두겠다고 말한다. 이것은 물론 클로디어스에게 들으라고 하는 말이다.

햄릿이 퇴장한 뒤에도 휘장 뒤의 염탐꾼들은 혹시라도 그가 다시 되돌아올까봐 곧바로 모습을 드러내지 못한다. 오필리어는 그 시간에 홀로 무대 위에서 햄릿의 광기를 슬퍼한다. 그녀는 예전의 햄릿을 '발다사레 카스틸리오네'가 서술한 완벽한 궁정인의 모습으로 그린다.

휘장 뒤에서 나온 국왕의 첫마디는 햄릿의 광기를 실연으로 인한 우울증으로 본 폴로니어스의 진단이 명백히 잘못되었다는 말이다.

"사랑? 그의 마음은 그쪽에 있지 않소. 그가 말한 내용도 광기 같진 않았고."

그는 햄릿의 말에 어떤 위험이 도사리고 있음을 느낀다. 그래서 그를 당장 영국으로 보내기로 결정한다. 여행이 그의 억눌린 기분을 전환시켜 줄 거라는 구실과 함께. 하지만 폴로니어스는 자신의 실연으로 인한 우울증 이론을 굽히지 않는다. 그는 한 번만 더 시험해보자고 왕에게 요청한다. 이처럼 등장인물들은 계속해서 서로를 시험한다. 폴로니어스는 거트루드 왕비와 왕자가 단둘이 이야기하게 해서 그가 그렇게 이상하게 행동하는 이유를 찾아보자고 제안한다. 그리고 두 사람이 대화를 나누는 동안 자신은 조금 전처럼 벽 뒤에 숨어서 대화를 엿듣겠다고 한다. 이를 통해서도 햄릿의 태도를 충분히 규명할 수 없다면 그때는 그를 영국으로 보내거나 왕이 원하는 다른 어떤 곳에 가두라고 말한다.

3막 2장은 드라마 전체의 중심이 되는 장면을 담고 있다. 유명한 극중극이 이 장에서 나온다. 우리는 여기서 공연되는 극의 제목이 '곤자고의 살해'라는 걸 안다. 또 이 극중극의 핵심이 햄릿이 직접 써서 추가한 부분이라는 것도 알고 있다. 그와 관련해서 햄릿은 미리 '배우 1'에게 연기 지시를 내린다. 배우는 대사를 올바르게 읊어야 한다고 강조한다. 포고문을 외치는 사령처럼 무조건 큰 소리만 내질러서도 안 되고 사납게 감정을 토로해서도 안 된다. 격정의 소용돌이 한가운데서도 배우는 스스로에게 절제를 부과하여 전체를 자연스럽게 표출할 수 있어야 한다.

여기서 우리는 당시의 연극비평 일단을 엿들을 수 있다. 가발을 쓴 난폭한 녀석이 고작 입석에 들어찬 군중들의 고막이나 터뜨리기 위해 격정을 갈기갈기 넝마처럼 찢어놓는 걸 보는 건 더 없이 고통스러운 일이다. 그런 배우들은 무언극처럼 도무지 이해할 수 없는 멍청한 쇼를 하거나 고함질 치는 것 말고는 아무것도 할 줄 아는 게 없다. 햄릿은 그런 녀석들에게는 터머건트Termagant보다 더 시끄럽게 굴고 헤롯보다 더 난리를 친 죄로 채찍질이나 안기는 게 낫겠다고 말한다. (한 마디 덧붙이자면 헤롯은 자기 형의 아내와 결혼했다.) 터머건트는 이슬람교의 신인데 엘리자베스시대 연극에서는 몹시 시끄러운 입담을 지닌 인물로 등장하였다. 헤롯도 마찬가지였다.

이렇게 비판하고 난 뒤 햄릿은 '배우 1'에게 이번에는 긍정적인 조언을 한다. 배우는 자연스럽고, 절제를 지키고, 사실적인 연기를 해야 한다. 배우는 이런 연기를 원하는 관객들의 취향에 따라야지, 시끄러운 소음이나 좋아하는 관객들에게 방향을 맞추어서는 안 된다. 나중처럼 했다가는 인간의 말씨나 발걸음을 보여주지 못하고 자연의 직공들이 실수로 잘못 빚어놓은 피조물처럼 제멋대로 활개를 치며 고함을 질러대게 될 것이다. 그밖에 광대역을 하는 배우들이 주어진 대사를 무시하고 즉흥적으로 연기하지 못하도록 하는 것도 중요하다. 그런 배우들은 언제나 쓸데없이 우스운 짓거리를 해서 연기의 초점이 빗나가게 한다. 여기서 햄릿은 무언극을 하지 말라고 강조하는데 배우들은 나중에 바로 그 같은 무언극을 하고 만다.

배우들이 퇴장하고 폴로니어스, 로젠크란츠, 길든스턴이 등장한다. 그들로부터 햄릿은 왕과 왕비가 연극을 관람하러 오리란 사실을 듣는다. 햄릿은 배우들에게 가서 공연준비를 서두르도록 재촉해달라면서 세 사람을 다시 내보낸다. 그리고는 급히 호레이쇼를 부른다.

호레이쇼는 햄릿이 신뢰하는 유일한 인물이다. 그는 1막 이후 처음으로 다시 무대에 등장한다. 햄릿은 호레이쇼를 자기가 만난 사람 중에 가장 균형 잡힌 사람이라고 칭찬한다. 그는 운명의 시련을 행운이 찾아왔을 때와 마찬가지로 무덤덤하게 받아들이는 사람이며, 에너지와 혈기, 이성이 적절히 잘 배합되어 운명의 여신이 아무렇게나 눌러대는 연주에 놀아나는 피리 노릇을 하지 않는다. 이처럼 믿을 만한 인물이기에 햄릿은 그에게 전적인 신뢰를 부여한다. 햄릿은 호레이쇼에게 연극으로 왕을 시험해보려는 자기 계획을 털어놓는다. 이로써 관객들도 지금 어떤 상황이 벌어지고 있으며 무엇에 주의를 기울여야 하는지 다시 한 번 명확하게 인식하게 된다.

"내 숙부를 지켜보게." 햄릿은 호레이쇼에게 부탁한다.

"그가 아무런 반응도 보이지 않는다면, 우리가 본 유령은 저주받을 악령이었던 걸세." 유령도 시험에서 예외는 아니다.

이제 궁정의 모든 인물들이 무대에 모습을 나타낸다. 왕과 왕비는 기대에 차서 공연을 보러 온다. 그들은 햄릿이 이제 궁정의 유희에 탐닉한다고 믿으며 그의 진짜 의도에 대해서 의심을 품지 않는다. 그 다음으로 등장한 오필리어는 햄릿의 정신 나간 행동에 놀라 기겁을 한다. 그래도 그녀는 최대한 소극적인 태도를 취하며 햄릿의 광기어린 행동을 인내하려 애쓴다. 하지만 실제 관객들에게 햄릿은 매우 침착하고 이성적으로 보인다. 그는 이 밤의 연출자이므로 당연히 그래야 한다. 경우에 따라 약간의 긴장과 불안은 내보일 수도 있다.

궁정 사람들이 등장하기 시작하자 햄릿과 호레이쇼는 그들만의 은밀한 대화를 서둘러 끝낸다. 호레이쇼는 오필리어 근처에 자리를 잡고 햄릿은 무대 중간에 그대로 남아서 밤 행사를 마련한 주인으로서 왕과 왕비를 맞이한다. 두 사람은 폴로니어스 등의 중신들을 이끌고 무대에 등장한다. 클로디어스는 정중하게 아들의 안부를 묻는다. 하지만 햄릿의 대답은 왕이나 폴로니어스 누구도 향한 것이 아니다.

"How fares our cousin Hamlet?"

(우리 조카 햄릿은 어떻게 지내는가?)

'fare'에는 음식이라는 뜻도 있다. 그래서 햄릿은 이렇게 대답한다.

"카멜레온처럼 공기 요리를 먹고 있습니다."

여기서 공기, 즉 'air'는 'heir'에 대한 말장난이기도 하다. 'heir'는 그에게 유보된 유산을 뜻한다. 그는 또 이렇게 말한다.

"곧 잡아먹을 수탉의 뱃속을 그런 걸로 채울 수는 없죠."

햄릿은 숙부에게 왕위계승권을 빼앗긴 자신을 'capon', 즉 거세한 식용 수탉으로 느끼고 있음이 분명하다. 그는 폴로니어스에게도 마찬가지로 몹시 신랄하고 잔인한 말을 퍼붓는다. 폴로니어스가 대학 시절 연극을 했을 때 '카피톨 Capitol' 신전에서 '브루투스Brutus'에게 살해당하는 시저 역을 맡았었다고 말하자 햄릿은 이렇게 대꾸한다.

"그런 미련한 놈을 그렇게 앞장서서(capital) 죽이다니 그 자도 정말 잔인하군(brute)."

그러는 사이 궁정의 관객들은 두 무리로 나뉘어 자리를 잡는다. 그들이 무대 뒤편에 좌우로 둘러앉았기 때문에 진짜 관객들도 '곤자고의 살해'를 잘 지켜볼 수 있다. 클로디어스, 폴로니어스, 로젠크란츠, 길든스턴 등은 앞쪽으로 자리를 잡은 덕택에 진짜 관객들은 그들의 반응을 정확히 살필 수 있다. 그들 맞은편에는 오필리어를 중심으로 햄릿이 바로 곁에 앉아 있고 조금 떨어져서 호레이쇼가 있다.

이런 식으로 극중 관객은 두 진영으로 갈라져서 서로 대립하는 구도를 취한다. 연극이 아직 시작되기 전 햄릿은 잠시 무대 중앙에 머뭇거리고 서 있다. 그러자 그의 어머니가 말을 건넨다.

"Come hither, my good Hamlet. Sit by me!"

(이리 오너라, 햄릿아. 내 곁에 앉거라!)

그녀는 아들이 연극에 관심을 갖는 게 기뻐 다정하게 말을 건넨다. 하지만 햄릿은 다른 편에 가서 앉아야 한다. 그래야 왕의 안색을 잘 살필 수 있다. 그는 오필리어를 핑계로 댄다.

"Here is metal more attractive."

(여기에 더 끌리는 물체가 있습니다.)

그를 더 강하게 잡아끄는 물체란 오필리어를 말한다. 폴로니어스는 햄릿의 이 말을 놓치지 않는다.

"Oho, do you mark that?"

(오호! 저 말을 들으셨습니까?)

오필리어는 햄릿의 광기를 끈기 있게 참아내라는 지시를 미리 받았음에 틀림없다.

"Look you, how cheerfully my mother looks."

(봐요, 내 어머니가 얼마나 유쾌해 보이는지 보라고.)

햄릿이 이렇게 말하자 오필리어뿐만 아니라 전 관객의 눈길이 일제히 왕의 무리를 향한다.

이 대사는 왜 필요했을까? '무언극'이 극 전체의 줄거리를 드러내는 동안 왕과 왕비가 전혀 공연을 눈여겨보지 않는다는 사실을 관객들에게 분명히 주지시키기 위해서다. 왕비는, 남편이 죽은 지 두 시간 만에 그렇게 유쾌해 보일 수 없다는 햄릿의 말을 마치 듣지 못한 듯 고개를 다른 쪽으로 돌린다. 관객들은 왕과 왕비, 폴로니어스 등이 머리를 맞대고 이야기를 나누다가 가끔씩 햄릿 쪽을 힐끔거리는 걸 지켜본다. 이런 일이 벌어지는 동안 '무언극'이 공연된다. 햄릿은 여기에 대경실색한다. 그는 바로 이런 무언극을 하지 말라고 주문했던 것이다.

무언극은 엘리자베스시대에도 여전히 유행하였지만, 복잡한 사건의 얼개를 풀어나가기에는 충분치 못한 낙후된 방법으로 여겨지고 있었다. 게다가 여기서는 전체 플롯을 미리 드러내는 수단으로 사용된다. 햄릿은 무언극이 진행되는 동안 불안하게 공연과 왕을 번갈아가며 지켜본다. 다행히 왕이 무언극에 별로 주의를 기울이지 않자 바로소 놀란 가슴을 쓸어내린다. 하지만 배우들이 자신의 지시를 따르지 않고 제멋대로 무언극을 끼워 넣은 것에는 물론 분노를 금치 못한다. 햄릿은 이어지는 오필리어와의 대화에서 이런 자신의 감정을 발산시킨다. 하지만 오필리어는 햄릿의 마음을 안정시키는 데 급급할 뿐이다.

이윽고 '프레젠터'가 등장하자 햄릿은 더욱 초조해진다. '프레젠터'는 무성영화의 변사처럼 무언극의 내용을 설명해주는 역할을 하므로 무언극 자체보다 더 위험하다. 명백하게 입 밖에 낸 말은 사람들의 귀에 들어가지 않을 도리가 없기 때문이다. 그래서 햄릿은 이렇게 말한다.

"The players cannot keep counsel, they kill all."

(배우들은 비밀을 지키질 못해. 저들은 모든 걸 망쳐버릴 거야.)

그들은 가만히 있지를 못하고 죄다 떠들어댈 것이다. 하지만 이런 햄릿의 우려는 다행히도 또다시 적중하지 않는다. 위태롭게 등장한 '프레젠터'는 그저 간단한 프롤로그만 읊조리고 물러간다. 그러자 햄릿은 크게 안심하며 말한다.

"이 프롤로그는 마치 반지 문구처럼 간결하구먼."

이 대목에서 진짜 관객들은 햄릿과 함께 걱정하고 또 안심한다. 그들은 햄릿의 계획을 다 알고 있기 때문이다. 이제 그가 놓은 쥐덫이 제대로 작동할지 자못 흥미진진해진다.

극중극은 '배우 왕'과 '배우 왕비' 사이에 오가는 대략 70행의 대화로 시작된다. 두 사람은 배우자의 죽음과 재혼에 관해 이야기한다. 극중극 대목은 고대극의 양식으로 이루어져「햄릿」의 다른 부분들과 확연히 구분된다. 극의 내용은 상당히 상투적이다. 이 극중극은 극 전체의 분위기를 전환시킨다. 극은 살인자의 등장이 예견되기에 시종 팽팽한 긴장이 유지된다. 대사는 긴 호흡으로 긴장을 서서히 고조시켜나간다. 시작 부분은 왕과 왕비의 관심을 전혀 끌지 못한다. 하지만 배우 왕비가 "두 번째 사랑"과 "둘째 남편"을 입에 올리면서 상황은 돌변한다. 그리고는 더 노골적인 대사가 이어진다.

"None with the second but to kill the first."

(첫째 남편을 안 죽이곤 두 번째 결혼 못한다오.)

이 대목에서 왕과 왕비 두 사람은 모두 소스라치게 놀랐을 게 분명하다. 햄릿의 이어지는 말이 이를 입증한다.

"Wormwood, wormwood."

(쓰디쓴 쑥이로군.)

한껏 고조된 긴장은 그리고 나서 다시 가라앉는다. 배우 왕은 한동안 평범하고 일반적인 진리만 늘어놓다가 마지막 행에 가서 다시 아주 구체적으로 왕비의 재혼을 언급한다. 배우 왕비는 결코 둘째 남편을 맞이하는 일은 없으리라고 맹세한다.

거트루드 왕비에게 극이 마음에 드시냐고 묻는 햄릿의 태

도는 노골적이고 과격하다. 왕비는 엄청난 압박을 느꼈음에
틀림없다. 클로디어스도 가만히 있지 못하고 끼어든다. 하
지만 그의 개입은 공연히 긁어 부스럼을 만들며 엉뚱한 방
향으로 나아간다. 그는 혹시 이 작품에 어떤 악의가 감추어
져 있는 건 아닌지 의심한다. 이 공연을 관람해달라는 햄릿
의 간곡한 요청이 있었으므로 클로디어스가 그런 의심을 갖
는 것은 당연하다.

쥐덫에 놓인 미끼는 왕으로 하여금 자신이 이 공연에 참석
한 원래 의도를 잊게 만든다. 갑자기 독에 관한 말이 튀어나
온 것도 그를 깜짝 놀라게 한다. 하지만 그는 곧 마음을 진
정시키고 평온을 유지한다. 그런 말들은 모두 비유적인 의
미로만 사용되었을 뿐이다. 게다가 이것은 빈에서 벌어졌던
사건을 가지고 만든 극에 불과하며, 그것도 아주 악랄한 극
이다. 저주받을 악당에 관한 작품이다.

"하지만 그게 우리와 무슨 상관입니까?"

햄릿은 왕에게 이렇게 되물으며 말한다.

"찔리는 게 있는 놈이나 움츠리지, 우리는 문제될 게 없
지요."

그리고는 모두가 들을 수 있도록 큰 소리로 '배우 1'의 등
장을 알린다.

"이 자는 루시아너스란 놈으로 왕의 조카올시다."

무대 위의 관객들은 이제 햄릿 왕자가 이 극에 무언가 꿍
꿍이를 감추어놓았다는 걸 더욱 확실하게 느낀다. 재혼 이

야기는 여기 모인 사람들 모두의 주목을 끌기에 충분하다. 물론 그들은 햄릿 왕자의 광기에 대해서도 이런저런 생각들이 많다. 이제 분명해진 것은 왕자가 무언가를 마음속에 감추고 있다는 사실이다. 이런 순간에 왕의 조카로서 소개되는 인물이 등장하면 극중의 관객들은 당연히 그를 햄릿과 관련지어 생각하게 된다.

그리고 지금 무대 위에서 어떤 장면이 연출되고 있는지도 잊어서는 안 된다. 무대 뒤편 중앙에 곤자고 극의 배우 왕이 누워서 자고 있다. 루시아너스가 등장하면 사람들은 무언극을 통해 그가 앞으로 무슨 짓을 할지 알게 된다. 그는 잠든 왕 곁으로 다가가 머리의 왕관을 벗기고 거기에 입을 맞춘 뒤 자기가 직접 쓴다. 그리고는 전통적인 복수극에 등장하는 전형적인 살인자의 제스처를 취한다. 그는 마치 현대의 프로레슬링 선수처럼 무대 위에서 얼굴을 일그러뜨리고 히죽이면서 독이 든 병을 꺼내 왕의 귀에 쏟아 붓는다. 그의 행동은 삼류 희극배우처럼 과장되기 짝이 없다. 이런 행동은 다시 한 번 진짜 관객과 극중 관객의 주의를 끌어 모은다. 진짜 관객은 햄릿이 쳐놓은 쥐덫이 허사로 돌아갈까봐 걱정스럽다.

그 순간 햄릿이 소리친다.

"Begin, murderer, leave thy damnable faces and begin!"

(시작해라 살인자야. 그 저주받을 낯짝은 집어치우고 시

작해!)

햄릿의 그 다음 외침은 사극 「리처드 3세」에 등장하는 대사를 흉내 내고 있다.

"Come, the croaking raven doth bellow for revenge!"

(자! 까마귀가 깍깍대며 복수를 부르짖는다!)

"복수(revenge)"라는 단어는 극중 관객 모두의 가슴을 섬뜩하게 만든다. 이제 루시아너스는 앞서 햄릿이 지시한 내용을 기억해내고 조금은 절제된 연기를 펼친다. 아예 연기 스타일이 완전히 바뀌어도 괜찮다. 그는 햄릿이 건네준 대사를 원래의 의도에 맞게 말한다. 우리는 드디어 햄릿의 대사를 듣는다. 다시 말하면 여기서는 햄릿이 배우의 입을 빌려 말한다. 자신은 다른 사람의 눈에 띄지 않은 채 아무도 보지 못한 은밀한 범행에 대해서 말한다.

"Thoughts black, hands apt, drugs fixed and time agreen, confederate season else no creatures seen."

(마음은 검고, 손은 재빠르고, 약은 강력하고, 때는 알맞다. 하늘도 나를 도와 아무도 보는 이 없다.)

이것은 살인자가 잠든 왕의 귀에 독을 붓는 정황이다. 여기서 살인자는 물론 클로디어스다. 햄릿의 대사는 클로디어스의 대사다.

배우의 연기를 지켜보던 클로디어스는 어느 순간 자기 자신을 보게 된다. 배우의 입을 빌려 말하는 햄릿이 거울이 된 셈이다. 마치 거울과 같이 햄릿은 자기 자신의 모습은 보이지 않은 채 관찰자의 모습을 드러낸다. 자신은 보이지 않으면서 남을 보이게 만들기. 이것이 엘리자베스시대 사람들이 그토록 거울에 열광했던 이유다. 거울은 엘리자베스시대 예술의 핵심적 은유다.

당시의 예술관에 대해서는 앞서 햄릿의 연기 지시에서도 들은 바 있다.

"To hold the mirror up to nature."

(자연에 거울을 비춰주는 것.)

이것이 바로 백색의 마술이다. 클로디어스는 그렇게 순식간에 거울 속에 비친 자기 모습을 보게 된다. 그리고 그 모습은 그를 압도해버린다. 그는 펄쩍 뛰어오르며 소리친다.

"등불! 등불!"

클로디어스는 황급히 홀을 빠져나간다. 이젠 궁정의 중신들에게도 햄릿 편에 서면 안 되는 명백한 이유가 생겼다. 그들은 연극에서 클로디어스와는 전혀 다른 것을 보았다. 그들이 본 것은 형제간의 존속살인이 아니라 왕위계승에서 밀려난 조카가 국왕인 숙부를 살해하는 광경이다. 그들에게 루시아너스가 연기하는 인물은 클로디어스가 아니라 햄릿이다. 클로디어스는 희생자다. 범인과 희생자의 위치가 뒤바뀐 것이다. 한편에서는 옛 국왕 햄릿이 희생자라면 다른 시각에서는 클로디어스가 그 위치에 선다. 여기서도 클로디어스는 형의 자리를 이어받은 왕위계승자다. 따라서 중신들은 클로디어스의 갑작스런 퇴장을 죄책감의 표현으로 보지 못하고 은밀한 위협에 대한 정당한 분노로 여긴다. 다시 말해서 배우 루시아너스는 두 개의 서로 다른 상을 비추는 이중적 거울이다. 그 안에서 어떤 인물을 보는가는 관찰자가 선 위치에 따라 달라진다.

이 장면에서 연극은 전무후무하게 복잡하고도 생생한 방식으로 연극의 효과를 보여준다. 무대 위의 인물들은 같은 극을 관람하면서 서로 다른 모습을 본다. 그리고 이 광경은 다시금 관객에게 거울로서 작용한다. 우리도 관객으로서 작품을 보고 있으니까. 그렇다면 우리는 이 거울 속에서 무엇을 보는가? 우리는 모든 등장인물들이 각각 상이한 광경을 보고 있음을 본다. 그와 동시에 우리는 또한 그들이 이런 사실을 보지 못한다는 것도 본다. 그들은 자신들의 관찰 자체를 관찰할 수 없기 때문이다. 하지만 우리는 클로디어스가 보지 못하는 것을 본다. 그는 자신이 무대 위에서 보는 광경, 즉 잠든 왕의 귀에 독이 부어져 살해되는 광경이 동시에 자신에게도 벌어지고 있음을 보지 못한다. 루시아너스의 대사, 햄릿의 대사, 그리고 그 자신의 대사는 모두 그의 귀에 부어지는 독이다. 그 대사들은 왕의 잠을 살해한다. 그가 잠든 왕을 살해했듯이. 이렇게 관찰의 효과가 자기 눈앞에 펼쳐지고 있지만, 우리는 그가 이것을 제대로 인식하지 못한다는 걸 인식한다. 이런 것이 바로 연극의 효과다. 그것은 거울의 효과와 똑같다. 거울의 효과는 봄과 보지 못함의 이중성에서 나온다. 우리는 거울 자체는 보지 못하고 다만 그

속에 나타나는 모습만을 본다. 그렇지만 우리는 각자의 서 있는 위치에 따라 다름을 볼 수 있다.

이것이 르네상스 연극이 새로운 문화적 경험으로서 갑작스런 부흥을 맞게 된 까닭이다. 연극을 통해 관찰 자체를 관찰할 수 있게 된 것이다. 이것은 '현대'로 나아가는 출발이기도 하다. 존재는 더 이상 존재론 안에서 직접적인 명증성으로 자신을 드러내지 않는다. 우리가 보는 것은 우리가 선 위치에 종속된 시각에 따라 다르다. 이를 보여주는 모델이 바로 거울이다. 거울은 이와 동시에 인간의 영혼을 보여주는 모델이며, 우리에게 지각능력의 역설을 이해시켜준다. 다시 말해서 영혼은 언제나 그 자신으로서 동일하게 남아 있지만 변화하는 현상들을 담는 능력이 있다. 거울과 영혼은 모두 수정으로 된 천공天空처럼 눈에 보이지 않는다. 연극도 이와 같은 거울로 여겨지므로 인간의 영혼과 연극과 우주 사이에는 삼중의 일치가 생겨난다. 이것이 글로브 극장에 새겨진 'All the world's a stage'라는 문구에 담긴 뜻이다. 온 세상이 연극무대다.

햄릿이 극에 삽입한 대사도 마찬가지로 거울이다. 그 속에서 햄릿은 자신의 모습을 감춘 채 클로디어스의 모습을 드러낸다. 여기서 햄릿은 오필리어가 전에 말했던 것처럼 "the observed of all observers", 즉 모든 관찰자들에 의해 관찰되는 대상이 된다. 사람들은 모두 그를 쳐다보지만 그를 보지 못한다. 그는 가면을 쓰고 마치 거울처럼 자신을 숨긴다. 그는 광대의 대명사격인 인물 '오일렌슈피겔 Eulenspiegel'(직역하면 '부엉이거울'이란 뜻이다. 14세기에 실존하였던 독일의 전설적인 인물로서, 기지 넘치는 장난으로 각 계층의 편협함을 유쾌하게 우롱하여 15세기 이후에 대중소설의 주인공으로 환영받았다. -옮긴이)이다. 햄릿이라는 인물 자체가 연극의 모델이다. 연극의 관람은 눈에 보이지 않는 것을 관찰하는 행위다. 이것은 또한 역설이기도 하다. 거울 속을 들여다보면 뭐가 보이는가? 관찰자 자신이 보인다. 그는 자신이 거울 속을 들여다보는 것인지, 아니면 거기에서 나오는 것인지 알 수가 없다. 관찰자가 이런 이중성을 하나로 통합시킬 수 있을 때 비로소 거울은 역설적 수수께끼를 보여주는 장치로서 구실할 수 있다.

이것이 우리가 셰익스피어의 작품에서 이중성의 미학을 자주 발견하게 되는 이유다. 셰익스피어는 거울상을 몹시 좋아한다. 모든 세계는 거울에 비친 자신의 반대세계를 갖는다. 천상의 위계는 지옥의 위계에, 정신의 세계는 물질의 세계에, 무궁한 세계는 지상의 유한한 세계에 거울상으로 투영되어 있다. 동물의 왕국은 인간사회의 거울이고, 인간의 신체는 국가질서의 거울인 식이다.

이 모든 투영의 경계들은 인간 안에서 교차된다. 인간은 대우주 속의 소우주다. 거울은 이로써 세계의 모델이 된다. 거울을 통해서 우리는 필요에 따라 이중성의 통일 혹은 통일성의 균열을 강조한다. 존재의 제 단계를 유추하거나 거울상의 환영적 비본질성을 이야기한다. 엘리자베스시대 사람들의 세계모델은 연극적이다. 연극은 세계의 이런 이중성을 충실히 따른다. 무대 위에 선 배우는 우리들의 쌍둥이다. 연극은 곧 세계를 뜻하지만, 또한 세계에 대한 경계를 자기 안에 만들어내기도 한다. 거울 속 거울은 연극의 본질이 무엇인지를 잘 보여준다. 끝없는 내적 자기복제를 통해서 연극은 성찰을 수행한다. 성찰은 자신을 거울에 투영하는 것이다. 인간 내면의 투영인 무한한 자기성찰은 연극 안에서 그 깊디깊은 심연의 아가리를 벌린다.

이것이 낭만주의자들이 그토록 셰익스피어에 열광했던 이유다. 거울에 비친 '모방(Copy)'은 '원본(Original)'과 너무나 비슷해서 원본이 오히려 모방의 모방처럼 보일 지경이다. 이로써 원본은 심연의 소용돌이 속으로 빠져든 느낌이다. 인간은 누구나 자기 자신에 대한 상을 갖고 있는데, 그 안에 또다시 자기 자신의 상이 들어 있고, 그 상 안의 상에 또다시 자신의 상이 들어 있다. 자기 자신에 대한 이런 상과 자신을 완전히 일치시키는 것이 불가능하기 때문에 거울은 항상 소외된 모습을 보여줄 뿐이다. 거울 속에서 우리를 바라보는 인물은 관찰자로서 우리를 객체와 마주한 주체로 만든다. 그것은 우리 자신이면서 또한 우리가 아니다.

거울이 우리에게 보여주는 수수께끼는 궁극적으로 관찰 자체를 관찰할 수 없다는 데서 성립한다. 관찰을 관찰한다는 말은 곧 그 한계를 관찰할 수 있다는 뜻이다. 다시 말해서 경계의 양쪽 영역을 모두 관찰할 수 있어야 한다. 하지만 관찰은 자기 자신에 대해 그럴 능력이 없다. 자신의 경계를 밀어내어 더 이상 관찰되는 것과 동일하지 않게 된다면 모를까. 그래서 관찰의 관찰은 오로지 낯선 관찰의 관찰로서만 가능하다. 이 수수께끼는 연극에서 공연된다. 세계무대의 그 어떤 장면도 「햄릿」의 '쥐덫 장면'에서보다 더 복잡한 방식으로 그런 수수께끼를 보여주지는 못한다.

이 장면은 의심할 바 없이 전체 이야기의 전환점, 즉 소위 말하는 '급전(peripeteia)'이다. 이제 시험은 다 끝났다. 왕은 햄릿이 자신의 살인에 대해 알고 있다는 걸 알고, 햄릿은 그가 살인범이란 걸 안다. 이제 햄릿은 행동을 해야만 한다. 그렇지 않았다간 왕이 그보다 먼저 행동에 나설 것이다. 여기서 의문이 제기된다. 햄릿은 왜 당장 행동에 돌입하여 왕을 죽이지 않았을까? 괴테에 와서야 비로소 이 물음은 햄릿 비평의 주요문제로 대두되었다. 여기에 대해 괴테가 내놓은 해석은 햄릿이 낭만주의자들처럼 지나친 성찰 탓에 실천능력을 잃었다는 것이다. 즉 운명의 부담을 과다하게 짊어진 철학적 정신인 셈이다. 그 이후로 많은 비평가들이 괴테의 이런 해석을 따랐다. 하지만 그것을 너무 절대적으로 받아들이는 바람에 오히려 작품의 이해에 걸림돌이 되었다. 이 부분에서 급전이 이루어지기 전까지 우리는 작품 그 어디에서도 햄릿이 행동을 하지 않는다고 말할 만한 대목을 찾을 수 없다. 그는 유령의 말을 검사해보지 않을 도리가 없었다.

이성적 회의와 감성적 명예심 사이에서 이리저리 고민할 수밖에 없었다. 이 두 가지는 르네상스시대에 들어서 널리 확산되면서 사람들 내부에 긴장과 갈등을 불러일으키는 요인이 된다.

하지만 급전이 이루어지고 난 뒤에는 괴테의 물음이 정말로 문제가 된다. 우리는 프로이트와 그의 제자인 어니스트 존Ernest John의 유명한 해석을 알고 있다. 그에 따르면 햄릿이 복수의 실행을 망설이는 이유는 그가 무의식적으로 오이디푸스콤플렉스를 지니고 있기 때문이라고 한다. 햄릿이 알게 된 숙부 클로디어스의 행동, 즉 자기 아버지를 죽이고 어머니와 결혼한 것은 원래 그 자신이 원하던 행동이다. 그 때문에 그는 클로디어스를 해치는 것에 대해 무의식적인 저항감을 지니고 있다는 것이다. 하지만 이런 과감한 이론으로 나아가기 전에 우선 무대에서 어떤 일이 벌어지는지 좀 더 자세히 지켜보도록 하자.

왕과 중신들이 황망하게 자리를 뜬 뒤에 무대 위에는 햄릿과 호레이쇼만이 남아 있다. 햄릿은 극도로 흥분된 상태다. 그는 승리감에 도취하여 거의 발작적으로 왕의 옥좌에 몸을 던지며 노래를 부른다.

"총 맞은 짐승은 울며 물러가라."

그는 왕을 가리키며 말한다.

"멀쩡한 짐승은 계속 놀 테니. 누구는 깨어 있고 누구는 자면서, 세상은 그렇게 달아난다네."(햄릿은 중신들을 가리킨다.)

햄릿은 계획이 멋지게 성공한 것에 기뻐한다. 그의 연극은 제대로 작동했다. 그는 이제 연극판에 아예 본격적으로 뛰어들기라도 하려는 듯이 말한다.

"이번 일에다 깃털 한 뭉치하고 내 신발에 장미꽃 리본 몇 개만 달면 나도 극단에 낄 수 있지 않겠어?"

여기서 "깃털 한 뭉치"는 당시에 상연된 비극에 깃털로 장식된 의상이 자주 등장하던 것과 관련이 있다. 호레이쇼가 이에 "반몫은 충분하지요"라고 답하자 햄릿은 "아니 한몫 통째로일세"라고 말한다. 그리고는 다시 노래를 한 소절 부른다.

"왜냐하면 그대는 알리라, 오 사랑스런 데이몬. 왕국은 진짜 왕 주피터를 빼앗겼으니, 이곳은 이제—"

햄릿은 이 부분에서 잠시 멈춘다. 운율을 맞추자면 'ass(당나귀)'가 나와야 마땅하지만 그는 '공작새'로 바꾼다.

"—공작새가 다스린다네."

당시의 동물우화에서 공작은 육체적 쾌락과 허영을 대표하였다. 호레이쇼는 햄릿의 이와 같은 바꿔치기를 눈치챈다.

"운율을 맞추셨더라도 좋았을 텐데요."

왕의 은밀한 협조자인 로젠크란츠와 길든스턴이 다시 무대에 등장한다. 이들의 분위기는 이미 확연히 변해 있다. 처음에 햄릿과 그들은 친구로서 조우했지만 이제는 그들이 왕의 명령에 따라 행동한다는 게 분명해졌다. 그들은 햄릿의 반대편에 속한 사람들이다. 그들은 햄릿에게 왕이 몹시 언짢아한다는 소식을 전한다. 하지만 햄릿은 이 '언짢다'는 말을 의도적으로 몸 컨디션이 좋지 않다는 뜻으로 곡해한다. 그리고는 혹시 술 탓이 아니냐고 되물으며 의사에게 가보라고 말한다. 사혈치료를 받으면 증상이 나아질 것이라고도 덧붙인다. 여기서 햄릿은 자신이 마치 왕의 주치의라도 된 듯이 말한다. 길든스턴은 매우 정중한 태도로 햄릿에게 너무 주제에서 벗어나지 말고 좀 더 조리 있게 말해달라고 부탁한다. 하지만 햄릿은 반어적인 어투를 고치려하지 않는다. 길든스턴이 왕자의 어머니가 자신을 보냈다고 말하자 햄릿을 그를 멀리서 찾아온 칙사처럼 정중하게 영접한다. 길든스턴은 이제 정말로 기분이 언짢아져서 햄릿의 말장난에 화를 낸다.

"전하께서 이치에 맞는 답을 해주시지 않겠다면 이제 저는 전하의 어머님께로 돌아가겠습니다."

아마도 그는 정말로 가버린 모양이다. 그 다음부터는 로젠크란츠만 햄릿과 대화한다. 햄릿은 자신도 나름대로 애를 쓰고 있다는 듯한 투다. 그는 자신이 미치긴 했어도 이치에 맞게 대답하기 위해서 나름대로 노력하겠다고 말한다. 그리고는 로젠크란츠에게 어머니의 말씀을 전해달라고 부탁한다. 햄릿은 어머니가 크게 놀라고 혼란스러워한다는 말을 듣자 다시금 악의에 찬 장난기가 발동한다. 이제 그의 말장난은 더욱 구체적이고 위협적이다. 로젠크란츠는 한때 그들이 다정한 친구였던 사실을 햄릿에게 상기시킨다. 그러자 햄릿은 이렇게 말한다.

"So I do still, by these pickers and stealers."

(나는 아직도 그대로일세, 이 버릇 나쁜 두 손에 걸고 맹세하지.)

여기서 'pickers'와 'stealers'는 두 손을 가리킨다. 두 손이 "도둑질을 하지 못하도록(to pick up to steal)" 단속하라는 교회의 단골 설교에서 인용한 표현이다. 햄릿은 이 말을 하면서 두 손으로 목을 조르는 시늉까지 한다. 그러자 로젠크란츠는 햄릿에게 미친 짓을 하는 이유를 털어놓지 않는다면 진짜 정신병자로 가두어둘 수도 있다고 위협한다. 햄릿은 다시 고분고분해지면서 사실은 출셋길이 막혀서 그런다고 고백한다. 이런 식으로 그는 대화를 다시 '야망'의 주제로 이끌어간다. 그래도 왕위계승자로 책봉되지 않았냐는 로젠크란츠의 말에 그는 "풀 자라기를 기다리다(while the grass grows)"라는 속담의 첫 구절로 대꾸한다. 다음 구절은 "말이 굶어 죽는다(the stead starves)"이다.

이윽고 배우들이 악기를 들고 등장한다. 햄릿은 피리를 하나 달라고 해서 손에 들고는 길든스턴에게 사냥에 빗대어 이렇게 말한다.

"자넨 나를 올가미에 빠뜨리려고 그렇게 바람 부는 쪽에서 살금살금 몰아대는 겐가?"

이에 길든스턴은—아마도 더듬거리며—비겁하게 상투적인 변명으로 답한다.

"제 행동이 너무 지나치게 보이셨다면 그건 전하에 대한 제 애정에 너무 큰 탓이옵니다."

햄릿은 마치 아무것도 이해하지 못하는 듯이 행동한다. 그는 갑자기 길든스턴에게 피리를 건네며 불어보라고 한다. 하지만 길든스턴은 피리를 불 줄 모른다고 대답한다. 햄릿은 아주 쉽다고 말하며 어떻게 하는지 가르쳐준다. 손가락으로 구멍을 막고 입으로 공기만 불어넣으면 된다고. 길든스턴은 그러나 어떤 순서로 해야 조화로운 음이 나오는지 모른다고 말한다. 그러자 햄릿은 자기 자신을 피리와 비교한다. 그는 자신이 적어도 피리보다는 복잡한 악기라고 말하며, 자신의 복잡한 인성과 심리를 마음대로 연주하려고든 길든스턴을 꾸짖는다. 그렇게 손쉬운 피리도 제대로 불지 못하면서 자신을 어떻게 연주하겠느냐고!

"나를 무슨 악기로 불러도 좋아. 자네들이 나를 자극하고 만지작거릴 수는 있겠지만 나를 연주할 수는 없어!"

이때 폴로니어스가 등장하여 우리가 이미 로젠크란츠와 길든스턴을 통해 들은 소식을 다시 한 번 전한다. 이 역시 거울의 중복법칙을 따르고 있다. 그는 햄릿에게 어머니가 곧 보자고 한다고 전한다. 이어지는 햄릿과 폴로니어스의 짧은 대화 장면은 아주 유명하다. 햄릿은 폴로니어스에게 미친 사람 연기를 하고, 폴로니어스는 햄릿을 미친 사람 취급하여 그가 말하는 대로 따라서 말한다. 햄릿이 먼저 구름을 가리키며 말한다.

"저기 저 낙타처럼 생긴 구름이 보이십니까?"

"정말 꼭 낙타 같군요."

폴로니어스가 이렇게 대답하자 햄릿은 갑자기 말을 바꾼다.

"내 생각엔 족제비 같구먼."

폴로니어스는 또다시 햄릿의 말을 그대로 받는다.

"진짜 등이 족제비 같습니다."

"아니면 고랜가?"

폴로니어스는 이번에도 햄릿의 말을 따라한다.

"틀림없이 고래가 맞습니다."

폴로니어스는 여기서 메아리에 불과하다.

폴로니어스는 왕들이 어떤 대접을 받는지를 보여준다. 사람들은 꼭 미친 사람처럼 이래도 저래도 왕이 옳다고만 말한다. 그뿐만 아니라 폴로니어스는 바라보는 시각의 상대성도 보여준다. 눈에 보이는 내용은 관찰자에 따라 달라진다. 어떤 사람은 낙타를 보고, 다른 사람은 족제비나 고래를 본다. 하지만 폴로니어스는 지금 햄릿이 하는 행동을 보지 못한다. 폴로니어스가 물러가자 햄릿은 자신의 속내를 드러낸다. 이제 결정의 시간이 왔다. 곧 자정이다.

"무덤이 하품을 하고 지옥이 세상으로 역병을 내뿜는 때다."

지금 햄릿은 뜨거운 피를 마신 기분이다. 하지만 먼저 어머니에게로 가야한다. 어머니를 해치지는 말아야 한다. 그는 제 어미를 살해한 네로의 영혼을 가슴에 들이고 싶지 않다. 그저 칼처럼 예리하게 말할 뿐 직접 칼을 사용할 마음은 없다. 어머니에게 얼마든지 혹독하게 비난을 가하겠지만 그 말이 행동으로 바뀌게 하지는 않을 생각이다.

3막 3장

3막 3장에서는 줄거리의 전환이 이루어진다. 우리는 이제 행동하는 사람이 햄릿이 아니라 왕임을 본다. 클로디어스 왕은 즉시 임명장을 써서 햄릿을 로젠크란츠와 길든스턴과 함께 영국으로 보내기로 한다. 로젠크란츠와 길든스턴은 왕의 안위가 국가의 안녕과 직결된다는 논리를 펴면서 왕의 결정을 지지한다. 그들은 국가와 국왕의 옥체를 동일 선상에 놓고서 왕의 서거는 다른 많은 이들의 죽음을 의미한다고 말한다.

　그때 폴로니어스가 다시 등장한다. 그는 다급한 목소리로 햄릿이 지금 어머니에게로 가는 중이라고 알리고는 자신이 숨어서 두 사람의 대화를 엿듣겠다고 말한다. 아들에 대한 어머니의 태도는 객관성을 담보하기 힘들다는 것이 엿듣는 이유다. 신하들이 모두 물러가자 왕 혼자 무대 위에 남는다.

　이제 우리는 자기 죄를 고백하는 클로디어스의 솔직한 심경을 처음으로 분명하게 확인하게 된다. 그는 자기 죄의 썩은 내가 하늘까지 풍긴다고 한탄한다. 그는 인류의 가장 오랜 저주를 자신에게 부과한다. 그것은 동생을 살해한 카인에게 내려진 저주다. 그는 무릎을 꿇고 기도를 하려 애쓴다. 하지만 더 강력한 죄악이 그를 방해하는 탓에 기도를 할 수가 없다. 그는 마치 '뷔리당의 당나귀'(양쪽에 똑같은 양과 질의 건초를 놓아두면 당나귀는 어느 쪽을 먹을까 망설이다가 결국 굶어죽고 만다는 14세기 프랑스 철학자 뷔리당의 이야기. ―옮긴이)처럼 기도하려는 의지와 자신의 죄악 사이에 끼어 한동안 옴짝달싹 못한다. 하지만 결국에는 죄악이 먼저 있고 나서야 자비도 있다는 식의 논리로 넘어간다. 이 경우 기도의 작용은 두 가지로 나뉜다. 하나는 그가 나락으로 떨어지지 못하게 막는 것이고, 또 하나는 이미 떨어지고 난 뒤에 용서를 구하는 것이다. 따라서 클로디어스 자신도 용서를 구할 수 있다고 말한다. 그렇지만 자신이 죄의 결실들을 아직 소유하고 있는 한 제대로 용서를 구할 수 없으리라고 생각한다. 그가 지금 누리고 있는 왕관과 명예, 왕비가 그 결실이다. 세상의 부패한 흐름 속에서는 그렇게 할 수 있을지도 모른다. 여기서는 정의를 슬쩍 비껴가는 게 가능하니까. 하지만 저편에서는 그렇지 않다. 그곳에서는 그의 모든 행적에 대해 가차 없는 심판이 이루어진다. 또한 자신의 죄상을 하나도 빠짐없이 낱낱이 고해야 한다. 참회로 모든 걸 용서받을 수도 있다. 하지만 참회를 할 수 없으니 어쩌면 좋은가? 클로디어스는

'덫에 걸린' 자기 영혼을 한탄한다. 벗어나려고 발버둥 칠수록 점점 더 깊이 나락으로 빠져들 수밖에 없다. 그는 천사에게 도움을 청하며 기도하려고 무릎을 꿇는다.

그 순간 햄릿이 등장하면서 긴장감이 고조된다. 왕은 햄릿에게 등을 보인 채 기도에 열중하고 있다. 관객은 햄릿이 왕을 찔러 죽이기를 기대한다. 실제로 그는 그럴 작정이다. 햄릿은 칼을 빼어 들고 왕에게로 다가간다. 하지만 막 실행하려는 찰나 문득 한 가지 생각이 그의 행동을 멈추게 만든다. 지금처럼 클로디어스가 자기 죄의 용서를 구하고 있을 때 그를 찔러 죽인다면 그를 천당으로 보내게 될 거라는 생각이다.

우리는 이와 같은 장면을 이미 앞에서도 본 적이 있다. 분노에 찬 피로스가 절망에 빠진 프리아모스의 머리 위에서 칼을 치켜들고 있는 광경을 배우 1이 묘사하는 대목에서다. 그때 피로스는 칼을 치켜든 채 꼼짝도 하지 않는다. "마치 그림 속의 폭군처럼." 그때 햄릿을 멈춰 세운 것은 자신의 행위가 복수가 아니라 최초의 살인처럼 되리라는 사실이었다. 복수는 반드시 앞서의 살인에 대한 보복으로서 그와 똑같이 실행되어야 한다. 따라서 그의 아버지가 한창 죄에 물든 상태에서 살해되었다는 사실을 상기하는 것은 아주 중요하다. 살인자는 살해당한 자와 똑같이 끔찍한 죽음을 맞아야 한다. 그의 아버지를 지옥으로 보낸 악당을 아들이 천당으로 보낸다는 건 복수가 아니라 상을 주는 짓이다. 이것이 그 순간 햄릿의 머릿속에 떠오른 생각이다. 그는 칼을 도로 집어넣는다. 클로디어스가 완전히 죄에 물들어 있는 순간에 그를 죽여 지옥으로 보내버릴 수 있을 때까지 기회를 엿보며 기다리기로 한다.

이 장면은 완전한 극적 아이러니를 담고 있다. 우리는 왕이 기도할 수 없음을 알고 있다. 이는 그의 독백을 통해서 입증된 사실이다. 그는 말만 하늘을 향할 뿐 생각은 여전히 이 세상에 머물고 있다. 하지만 이번에는 햄릿이 제대로 보지 못한다. 그리고 우리는 그런 사실을 본다. 그는 눈에 비친 허상에 속는다. 그는 왕의 기도가 진실한 죽음의 준비라고 믿는다. 그러나 죽음의 시간에는 더 이상 연극이 불가능해도 죽음의 시간을 연기演技할 수는 있다.

이 장면을 다음과 같이 연출하면 더욱 극적이고 흥미롭게 만들 수 있다. 클로디어스 왕이 기도를 하려고 무릎을 꿇을 때 들고 있던 칼을 옆이나 뒤에 내려놓게 한다. 뒤이어 등장한 햄릿은 왕을 살해하기 위해 바로 그 칼을 집어 든다. 그리고는 생각이 바뀌어 그냥 물러갈 때 칼을 그대로 들고 나간다. 잠시 후 클로디어스는 자리에서 일어나 칼이 사라졌음을 본다. 이런 설정은 이 장면을 매우 극적으로 만들 수 있다. 클로디어스 왕은 이제 햄릿이 자신을 죽일 수도 있었는데 그러지 않았다는 사실을 확실히 또는 어렴풋이 알아차리게 되기 때문이다.

3막 4장

이어지는 장에서는 거트루드 왕비의 역할이 두드러진다. 이 장은 「햄릿」 전체에서 가장 프로이트적이라 할 아들과 어머니의 대립이 전개된다. 거트루드 왕비에게는 폴로니어스가 숨어서 엿듣는 것이 불편하지 않다. 아들 햄릿의 광기는 목숨의 위험까지도 전적으로 배제할 수 없게 만든다. 그녀는 자신을 위험에서 지켜줄 누군가를 곁에 두고 싶은 마음에서 폴로니어스를 휘장 뒤에 숨긴다. 곧이어 햄릿이 등장한다.

그는 몹시 흥분하여 버릇없이 굴면서 왕비가 하는 말을 말꼬리를 잡아 그대로 흉내 낸다.

"Hamlet, thou hast thy father much offended."

(햄릿, 넌 네 아버지를 몹시 화나게 했다.)

"Mother, you have my father much offended."

(어머닌 제 아버지를 몹시 화나게 하셨습니다.)

이 말장난은 앞서 그가 폴로니어스에게 하던 것과도 비슷하다. 왕비는 그에게 다ㄴ쳐 묻는다.

"너는 내가 누구인지 잊었느냐?"

"당신은 당신 남편 동생의 부인이시며, 아니라면 좋겠지만 제 어머니이시기도 합니다."

왕비는 이 말에 매우 자극을 받아 이렇게 말한다.

"너와는 말을 할 수가 없구나. 내 너를 상대할 수 있는 사람을 데려오마."

순간 햄릿은 거의 폭력적으로 변한다. 그는 왕비의 두 팔을 붙잡아 강제로 자리에 다시 앉힌다. 왕비는 그가 무슨 짓을 할지 몰라 겁에 질린다. 그는 그녀를 침대 위에 쓰러뜨리기까지 한다. 왕비는 더 이상 견디지 못하고 큰 소리로 도움을 요청하며 폴로니어스 쪽을 돌아본다.

휘장 뒤에서 폴로니어스가 도움을 외치는 소리를 들었을 때 햄릿은 왕이 거기에 숨어 있다고 생각한다. 그는 칼을 꺼내 휘장을 뚫고 폴로니어스를 찌른다. 그는 마치 쥐새끼라도 잡아 죽이듯, 그렇게 폴로니어스를 찔러 죽인다.

"이건 뭐냐? 쥐새끼로군! 죽어라, 죽어!"

잠시 그는 자신이 정말로 왕을 죽였다고 믿는다.

"이건 왕을 죽이는 것만큼이나 나쁜 짓이죠."

이로써 햄릿은 자신이 한 짓을 클로디어스의 행동과 동일시한다. 눈에는 눈이라는 복수의 등가식에 따른 것이다. 왕비는 이런 햄릿의 말이 어처구니가 없다.

"왕을 죽이다니?"

왕비는 휘장 뒤의 인물이 왕이 아님을 안다. 그녀는 햄릿의 말을 도통 이해할 수가 없다. 햄릿은 휘장을 열어젖히고 폴로니어스를 발견한다.

폴로니어스의 주검을 발견하고 햄릿이 보이는 냉정함은 우리가 이제껏 모르던 그의 일면을 드러낸다. 죽은 폴로니어스에 대한 그의 반응은 냉소적인 말 몇 마디가 전부다.

"주제넘게 아무데나 코를 들이박더니 결국 이렇게 됐군."

햄릿은 이렇게만 말하고는 곧바로 다시 원래 하려던 대로 자기 어머니에게 거울을 들이댄다. 죽은 폴로니어스가 계속해서 무대 위에 널브러져 있는 것에는 아랑곳도 하지 않는다. 그는 자기 어머니가 저지른 죄를 그녀의 눈앞에 펼쳐 보이면서 점점 더 걷잡을 수 없는 흥분에 빠져든다. 아들에게 하는 대답으로 보아 그의 어머니는 실제로 남편의 살해에 관해 아무것도 모르는 듯하다. 그녀는 자신이 도대체 무슨 잘못을 저질렀냐고 두 번이나 되묻는다. 햄릿은 그녀의 잘못을 조목조목 자세히 묘사한다. 그녀는 품위와 수줍음의 홍조에 시커먼 먹칠을 하고, 미덕을 아첨꾼이라 부르고, 순결한 사랑의 이마에 장미 화환 대신 낙인을 찍어 혼인서약을 노름꾼의 거짓 맹세로 뒤바꿔놓았다. 그것은 계약의 몸체에서 영혼을 떼어내는 짓이다. 하늘은 마치 심판의 날이라도 찾아온 듯 단단한 원소덩어리인 지구 위로 시뻘겋게 분노한 얼굴을 내보인다고 햄릿은 말한다.

햄릿은 목에 걸고 있는 메달에 새겨져 있는 돌아가신 아버지 초상화를 꺼내 왕비의 메달에 있는 초상화와 견주며 말한다.

"Look here, upon this picture and on this!"

(여기를 보세요, 이 그림을, 그리고 또 이것을!)

그는 두 형제의 모습을 비교한다. 한 사람은 신과도 같은 모습이다. 태양신처럼 반짝이는 머리칼, 주피터의 고귀한 이마, 마르스의 눈매를 지닌 근엄한 지배자의 얼굴에, 전령의 신 머큐리가 하늘과 닿은 언덕에 막 내려선 듯한 자태를 지녔다고 말한다. 반면에 다른 사람은 곰팡이가 핀 이삭처럼 제 형을 훼손시키는 용모다. 왕비는 도대체 어떻게 이런 초원을 노닐다가 다시 그런 늪지로 갈 수가 있단 말인가? 그녀의 나이로 보건대 눈먼 사랑 탓일 수는 없다. 그 나이면 혈기는 길이 들어 분별력을 따르기 마련인데, 도대체 무슨 놈의 분별력이 여기서 거기로 옮겨가게 만든단 말인가? 왕비의 감각과 지각이 모두 마비되었음에 틀림없다. 어떤 악마가 그녀의 눈을 멀게 만들었을까? 햄릿은 그것이 오로지 욕정 탓이라고 생각한다.

햄릿의 이런 비난은 비수가 되어 왕비를 찌른다. 그녀는 제발 그만하라고 애걸한다. 그녀는 더 이상 자신의 내면을 들여다볼 수가 없다. 그러나 햄릿은 멈출 줄을 모르고, 그의 비난은 이제 성적 혐오로까지 나아간다.

"부패에 찌들고 역겨운 땀내가 진동하는 침대에서, 더러운 돼지우리에서 달콤한 사랑놀음이라니! 그것도 저주받을 악당, 선반에서 귀중한 왕관을 훔쳐 제 호주머니에 넣은 천하의 소매치기 놈과! 거지발싸개 같은 왕과!"

왕비는 거듭된 비난으로 인한 충격과 당혹스러움을 더 이상 견디지 못한다. 햄릿의 사납고 집요한 공격에 왕비는 이제 넋이 빠지기 직전이다. 그때 유령이 다시 나타난다. 놀랍게도 유령은 햄릿의 눈에만 보인다. 거트루드 왕비는 전혀 보지 못한다. 그녀의 눈에는 햄릿이 무언가 헛것을 보고 있다는 것만 보인다. 그녀는 그가 미쳤다고 생각한다. 햄릿이 자기 아버지의 모습을 그토록 강렬하게 묘사한 것은 유령을 불러내는 일종의 강령술이었던 것일까? 거트루드 왕비가 남편의 유령을 전혀 인식하지 못하는 것은 그녀가 도덕적으로 남편과의 연결을 상실한 탓일까? 셰익스피어는 이 극에서 왕을 불멸의 국가적 권력과 유한한 개인적 존재의 두 가지 형태로 표현하고 있다. 여기서 우리가 보는 왕은 극 초반에 갑옷을 차려입고 등장한 햄릿 왕이 아니다. 지금 등장한 왕은 잠옷 차림으로 아내와 아들을 찾아온 개인으로서의 햄릿 왕이다. 햄릿은 애처로운 시선으로 그를 바라본다. 유령은 이제 영원히 자기 아내와 헤어져야 하는 고통에 괴로워하며 사라진다.

유령의 출현은 햄릿을 제정신으로 돌려놓는다. 그가 광증 때문에 헛것을 보고 있다는 거트루드 왕비의 말에 햄릿은 그렇지 않다며 자기 맥박이 지금 얼마나 규칙적으로 뛰고 있는지 만져보라고 대답한다. 그는 또 지금까지 자기가 한 말을 전부 똑같이 반복할 수도 있다고 말한다. 그리고는 어머니에게 그녀 자신의 죄가 아니라 그의 광기 탓이라고 떠들어대는 달콤한 아첨의 고약을 영혼에 바르지 말라고 간청한다. 이런 고약은 상처의 겉만 덧씌울 뿐이어서 썩은 고름은 계속해서 속으로 파고들어 퍼져나간다며. 햄릿은 지금 말짱한 정신으로 말하고 있다. 그는 이성적이며 거의 성직자와도 같은 어투로 자기 어머니에게 하루빨리 죄에서 벗어나기를 당부한다. 그는 심지어 악덕에 선행을 베풀기 위해 노력하는 자기 미덕에 대해서도 용서를 구한다. 그는 어머니에게 지금 당장은 덕이 없더라도 있는 듯이 행동할 것을 요구한다. 그리고는 우리를 악행에 익숙하게 만드는 습관이란 괴물은, 점잖고 착한 일에도 금세 잘 어울리는 옷을 입혀 진짜 선한 사람으로 만들어준다는 점에서는 천사이기도 하다고 말한다.

햄릿은 폴로니어스를 죽인 일에 대해서도 참회한다. 햄릿은 이 일로 하늘이 자신을 벌할 것이지만 또 한편으로는 하늘이 폴로니어스를 벌하기 위해 자신을 도구로 사용했다고도 말한다. 그의 운명은 천벌을 내리는 집행관이자 그 스스로 천벌의 대상이 되도록 정해져 있다.

물러가기 전에 햄릿은 한 번 더 어머니에게 단호하게 당부한다. 살이 불어터진 왕이 침대로 그녀를 다시 꼬여 음탕하게 뺨을 꼬집고 생쥐라고 부르며 냄새나는 입으로 키스를 퍼붓고 목덜미에 애무를 해주더라도 절대로 이 일—햄릿이 정말로 미친 게 아니라 그런 척할 뿐이라는 사실—을 털어놓아서는 안 된다고 말한다. 그러면서 곱고 정숙한 여인이 아니라면 누가 이런 중대한 일을 저 두꺼비, 박쥐, 수고양이 같은 놈에게 감출 수 있겠느냐고 반문한다. 여기서 두꺼비, 박쥐, 수고양이는 마녀들이 놀아나는 악마의 변신형태다. 다시 말해서 이 일을 털어놓는다면 왕비는 악마와 놀아나는 마녀라는 뜻이다. 끝으로 햄릿은 새장 속의 원숭이에 관한 유명한 민요를 끌어다댄다. 민요에서 원숭이는 새장을 지붕

위로 가져가서 새를 날려 보낸 뒤 자신도 그렇게 하면 날아갈 수 있으리라 생각고는 똑같이 따라하다가 지붕에서 떨어져 목뼈가 부러지고 만다. 여기서 햄릿은 왕비도 사고력과 분별력을 잘못 사용한다면 민요의 원숭이처럼 스스로를 위험에 빠뜨릴 수 있다고 경고한다.

왕비는 절대로 이 일을 발설하지 않겠다고 약속한다. 이로써 햄릿은 왕비를 제 편에 두게 된다. 햄릿은 왕이 자신을 영국으로 보내려 한다고 왕비에게 말한다. 이런 결정은 이 장면이 시작되기 전에 내려졌으므로 햄릿이 이 사실을 아는 것은 자연스럽다. 이런 종류의 일이 대개 그렇듯이 로젠크란츠와 길든스턴은 햄릿에게 해를 가하기 위해 미리 파견된다. 두 악당이 자신에게 모종의 음모를 꾸밀 거라는 생각이 들기가 무섭게 햄릿은 그에 대한 대응책을 마련한다. 그리고는 그들이 자기들 손으로 설치한 폭탄에 날아가게 될 일을 생각하며 흐뭇해한다.

햄릿의 기분은 또다시 바뀐다. 그는 흥분하여 왕에 대해 비난의 열을 올리고, 자신이 온통 적들로 둘러싸여 있다고 생각하다가, 곧 그들을 반격할 계략을 꾸밀 생각에 즐거워한다. 그 때문에 폴로니어스의 주검에 대한 정중한 태도도 다시 냉소적으로 바뀐다. 그는 폴로니어스의 "고깃덩이"를 옆방으로 질질 끌고 간다. 그가 죽은 폴로니어스에게 바치는 추도사는 불손하고 시니컬하다.

"This counsellor is now most still, most secret and

most grave, who was in life a foolish prating knave."

(이 보좌관께서는 생전에는 어리석은 떠버리였는데 지금은 그 어느 때보다도 조용하고 은밀하고 엄숙하군.)

4막 1장

4막에서는 짤막한 장들이 바쁘게 교체된다. 아직 밤이다. 왕과 로젠크란츠, 길든스턴의 밀담은 거트루드 왕비의 등장으로 중단된다. 왕비는 햄릿의 지시대로 그가 했던 말에 대해서는 함구한다. 그 대신 햄릿의 광증에 대한 이야기를 더 확대시킨다. 왕비는 햄릿이 마치 바다와 바람이 누가 더 센지 힘을 겨루듯이 미쳤으며, 그렇게 광기가 발작을 일으킨 와중에서 폴로니어스를 찔러 죽였노라고 말한다. 왕은 곧 햄릿의 칼이 자신을 향할 수도 있음을 꿰뚫어본다. 햄릿은 이제 누구에게나 위험한 존재가 되었다. 왕은 그렇게 되기 전에 미리 햄릿을 가두어두지 못한 자신을 질책한다. 미친 의붓아들이 마음대로 나돌아 다니지 못하도록 미리 막지 못하고 살인까지 저지르게 한 책임을 사람들이 자신에게 물을 것이므로 참변에 대한 해명이 필요하다고 생각한다.

언제나처럼 클로디어스는 위기의 순간이 닥치면 신속한 대처 능력을 발휘한다. 그는 폴로니어스의 참변을 햄릿을 즉시 국외로 내보내는 (그래서 은밀하게 제거하려는) 구실로서 이용한다. 그는 로젠크란츠와 길든스턴에게 어서 가서 폴로니어스의 시체를 찾아 예배당으로 옮기라고 명령한다. 그때 햄릿과 마주치게 되면 그를 조용하고 침착하게 잘 대해주라는 당부도 잊지 않는다. 왕 자신은 현명한 친구들을 불러 모아 일의 자초지종을 설명하기로 한다. 그렇게 하면 세상의 온갖 험담과 비방이 마치 대포가 과녁을 맞히듯 자신에게 집중적으로 쏟아지지 못하고 헛되이 공기만 때리게 될 것이라고 믿는다.

4막 2장

우리는 이제 로젠크란츠와 길든스턴이 더 이상 햄릿의 친구가 아니라 오히려 그의 감시자가 되었음을 본다.

"폴로니어스의 시체가 어디 있는지 말씀하세요!"

이것은 신하가 왕자에게 하는 말투가 아니다. 햄릿은 여기에 대꾸해야 한다. 그는 로젠크란츠를 스펀지라고 말한다. 이런 이름으로 불리는 사람은 지독한 술꾼이거나 아니면 아첨 떠는 권력의 하수인이다.

"하지만 그런 하수인들이 왕에게 가장 잘 봉사하게 되는 건 마지막에 가서지. 왕은 그들을 원숭이처럼 입에 물고서 쪽쪽 빨아대다가 맨 끝에 가서야 삼켜버리거든. 게다가 다 빨아먹고 나면 꼭 깨물어서 말린 뒤 다시 써먹을 수도 있지." 이 말은 명백한 경고의 메시지다.

로젠크란츠는 아무것도 이해하지 못하겠다면서 시체가 어

디 있는지나 말해달라고 한다. 햄릿은 또다시 수수께끼 같은 말로 대답한다.

"The body is with the King, but the King is not with the body."

(시체는 왕과 더불어 있으나 왕은 시체와 더불어 있지 않도다.)

왕의 위엄은 그의 죽어야할 육신에 종속되어 있지 않지만, 동시에 왕은 또한 죽음을 피할 수 없는 유한한 존재다. 성공회 기도서(Book of Common Prayer)에 보면 다음과 같은 말이 나온다.

"Man is like a thing of nought."

(인간은 무와도 같은 존재다.)

햄릿은 이 문구를 빌려서 다시 이렇게 말한다.

"The king is a thing — of nothing."

(왕이란 것은 — 아무것도 아니다.)

그리고는 숨바꼭질을 하며 그 자리를 떠난다. 두 사람은 왕자를 쫓아간다.

4막 3장

여기서 왕은 앞서 말했던 '현명한 친구들'에게 자문을 구한다. 왕의 이런 행동은 정치적으로 매우 영리한 처사였음을 우리는 나중에 보게 된다. 이 행동은 레어티즈가 반란을 일으켰을 때 왕이 위기를 타개하는 데 큰 도움을 준다. 어쨌든 여기서 그는 왜 자신이 햄릿에게 좀 더 엄한 처벌을 내리지 않았는지를 설명한다. 제대로 하자면 공개적인 재판을 열어 햄릿을 폴로니어스에 대한 살해혐의로 법정에 세우는 것이 마땅하다. 하지만 클로디어스는 그렇게 하지 않는다. 잘못했다가는 햄릿이 자기 행동의 이유를 만천하에 공개하고 왕자신을 살해혐의로 고발할 가능성이 있기 때문이다. 그는 햄릿을 즉시 영국으로 보내기로 한다. 그러나 이제는 그런 결정을 내리는 이유도 설명해야만 한다. 이를 위해서 그는 햄릿의 인기가 매우 높은데, 이성보다는 눈으로만 판단하는 이 변덕스러운 군중이 죄인의 범행은 안 보고 오직 처벌만 보려 할 것이라고 말한다. 햄릿을 영국으로 보내는 처사도 당황하여 즉흥적으로 찾은 해법이 아니라 심사숙고한 끝에 나온 결정으로 백성들에게 보여야 한다.

이윽고 로젠크란츠와 길든스턴이 등장하고, 잠시 후에는 햄릿도 무대에 모습을 나타낸다.

"폴로니어스는 어디 있느냐?"

클로디어스의 물음에 햄릿은 이렇게 답한다.

"식사 중인데요. 하지만 그가 먹는 게 아니라 먹히는 식사죠. 그곳에선 지금 정치 구더기들이 한창 회합 중입니다."

여기서 'diet'는 '음식'과 '의회'의 두 가지 뜻으로 사용되는 말이다. 따라서 'diet of worms'는 '구더기의 식사'도 되지만 또 한편으로는 '보름스 제국회의'를 뜻할 수도 있다.

이렇게 함으로써 작가는 이 대목에 신성로마제국의 황제를 끌어들인다. 여기서 구더기는 황제를 가리킨다. 우리는 모두 그를 살찌우는 먹잇감이다. 살찐 황제와 비쩍 마른 비렁 뱅이는 완전히 상반된 식사에 참여한다. 이때부터 연극이 끝날 때까지 햄릿은 이 썩은 내 풍기는 연상작용에서 내내 벗어나지 못한다. 이때부터 우리는 의미론적으로 계속해서 무덤가 주위를 맴돌게 된다.

이런 식의 대화가 몇 번 정도 더 이어진 뒤 햄릿은 마지못 해 폴로니어스의 시체가 있는 곳을 말해준다.

"복도로 통하는 계단에 가면 냄새를 맡을 수 있을 텐데요."

그러자 왕은 그에게 곧 영국으로 떠날 채비를 하라며 이것 이 그 자신을 위한 일이라고 말한다. 배는 벌써 대기하고 있 다. 아마도 클로디어스는 햄릿이 순순히 응하는 것에 속으 로 놀랐을 것이다. 햄릿은 느닷없이 그를 어머니라고 부르 면서 여전히 광기를 가장한다. 남편과 아내는 한 몸이니 그 는 자신의 어머니이기도 하다는 것이다.

햄릿과 그의 감시자들이 무대를 떠난 뒤 우리는 영국에서 어떤 운명이 그를 기다리는지 알게 된다. 왕은 로젠크란츠 와 길든스턴 편에 소위 '우리아의 편지'를 들려 보낸다. 우 리아는 구약성서에 등장하는 인물로서 다윗 왕의 명에 따라 전쟁터에 나가 있는 장군에게 편지를 전달하는 임무를 맡는 다. 그런데 그 편지에는 우리아 자신을 가장 위험한 전선에 배치하라는 내용이 적혀 있었다. 다윗이 우리아의 처를 탐낸 나머지 그를 제거하기 위해 이런 짓을 벌인 것이다. 클로디어스는 그와 같은 편지를 두 사람에게 들려서 햄릿과 함께 영국으로 보낸다.

4막 4장

여기서 우리는 영국으로 떠나기 전날 아침 덴마크의 해변에 있는 햄릿을 본다. 그곳에서 그는 포틴브라스의 군대가 행군하는 광경을 목격한다. 포틴브라스는 폴란드와 전쟁을 하러 가는 길이며, 군대를 통과시켜주기로 한 약속의 이행을 요청한다. 햄릿은 한 장교로부터 이 전쟁이 "조그만 땅덩어리 한 조각"을 얻기 위한 것이란 사실을 듣는다. 그 장교는 자기 같으면 그까짓 땅에 다섯 냥도 지불하기 아깝다고 말한다. 햄릿은 이런 어처구니없는 짓이 모두 부와 평화가 너무 넘치다보니 안으로 곪아터져서 나온 결과라고 말한다. 이런 대화에 뒤이어 햄릿의 긴 독백이 다시 시작된다.

포틴브라스와 그의 군대는 햄릿이 갈망하는 세 번째 모델이다. 햄릿은 행군하는 군대를 직접적인 도덕성의 실례로서 표현한다.

"Examples gross as earth exhort me."

(천지만큼이나 확실한 예가 나를 훈계하는구나.)

"엄청난 인원과 막대한 비용을 들인 저 군대를 좀 보라. 저들을 인솔하는 버들가지처럼 부드럽고 날렵한 왕자, 그러나 그 정신은 신과도 같은 야심에 부풀어 예측하지 못할 미래의 결과 따위는 코웃음쳐버린다. 그리고는 유한하고 불확실한 목숨을 운명의 유희에 내맡긴다. 이게 다 무엇 때문에? 2만 병사들의 묘비를 세우기에도 모자란 조그만 땅덩이를 차지하기 위해서다."

이 독백은 앞에서 햄릿이 배우와 자신을 비교하던 대목과 비슷하다. 그때 그는 흥분해서 소리친다.

"무엇 때문에?"

"헤쿠바 때문에! 아무것도 아닌 것 때문에!"

하지만 이번에는 비교가 뒤바뀌어 있다. 그는 앞서와 정반대의 증명을 한다. 여기서 중요한 것은 명예다. 위대한 자는 거창한 명분 없이는 싸우지 않는다고들 말하지만 명예가 걸렸을 때는 그렇지 않다.

"But greatly to find quarrel in a straw when honour is at the stake."

(명예가 걸렸을 땐 지푸라기 하나에서도 큰 싸움을 찾아내는 것이다.)

동기가 보잘 것 없을 때 명예는 더욱 온전하게 모습을 드러낸다. 어떤 행동이 이득을 가져올 때 그것을 순수한 도덕적 행위로 볼 수 없듯이 명예도 외부적 동기에 의해 고양될 수 없다. 명예는 오로지 그 자신을 위해서 지켜져야 한다. 작은 오점 하나만 묻어도 명예의 옷은 전체가 모두 더러워지고 만다. 그래서 사람들은 명예의 문제에 그토록 민감하다. 이것은 예술에서도 마찬가지다. 작은 덧칠 하나가 작품 전체를 망쳐버린다.

명예의 문제에서 동기의 사소함을 햄릿은 앞서 배우 1과의 비교에서 자신을 채찍질하는 예로서 사용한 바 있다. 그는 지금 게으름과 망각에 빠져 있다. 그는 자신의 짐승 같은 망각과 비겁한 망설임에 대해 말하면서 그중 반의반만 지혜고 나머지는 온전히 비겁함이라고 자책한다. 다시 말해서 햄릿은 지금 자신이 그냥 먹고 싸기만 하는 단순한 짐승처럼 게으름에 빠져 있다는 생각과, 죽음에 관한 이성적 성찰 사이에서 갈피를 잡지 못하고 흔들리고 있다. 그는 이것이 짐승 같은 망각 때문인지 아니면 과도한 성찰의 결과인지 잘 판단할 수가 없다. 이런 상황에서 포틴브라스는 그의 모범이 된다. 그와 그의 군대는 성찰 따위는 밀쳐둔 채 자신들의 무덤을 향해 열심히 행군해나간다. 무엇 때문에? 순전히 명예를 얻기 위해서다! 그리고 햄릿 자신은 그들보다 훨씬 더 많은 이유를 갖고 있으면서도 아무것도 하지 않는다! 앞서의 독백에서도 보았듯이 배우는 아무것도 아닌 일에 감정이 북받쳐 눈물을 흘린다. 포틴브라스는 아무것도 아닌 것을 위해 전체 군대를 동원하여 전쟁터로 나아간다. 그런데 햄릿은 그렇게 많은 이유를 가졌는데도 아무것도 하지 않는다. 그는 스스로 다짐한다.

"지금부터 내 생각에 피비린내가 진동하지 않는다면 아무짝에도 쓸모가 없으리라."

이 외침과 함께 그는 영국으로 떠나고, 한동안 무대 위에 등장하지 않는다.

4막 5장

햄릿이 없는 동안 폴로니어스 일가의 이야기가 전개된다. 연극의 이 둘째 줄기는 햄릿의 이야기와도 유사하다. 여기서도 이야기는 아버지의 살해와 더불어 본격적으로 시작된다. 레어티즈는 햄릿과 마찬가지로 아버지의 복수라는 사명을 짊어지며, 오필리어는 햄릿처럼 광기를 보인다. (물론 그녀의 광기는 진짜다.)

오필리어의 광기는 이 극에서 관객들의 뇌리에 가장 강하게 남는 부분 중 하나다. 이 장이 시작되자마자 우리는 그 소식을 듣게 된다. 오필리어는 자기 아버지에 대해서 많은 말을 한다고 한다. 이는 우리가 그녀의 광기를 어떻게 이해해야 하는지를 알려준다. 사랑하지만 사랑을 거부해야 했던 연인, 그녀에게 그토록 심하게 굴었던 남자가 그녀의 아버지를 살해하였다. 이것이 그녀를 미치게 만든 원인이다. 그녀는 뜻 모를 소리들을 지껄이고, 세상에 흉계가 있다고 말하고, 헛기침을 해대고, 자기 가슴을 치고, 조그만 일에 악을 쓰며 화를 내고, 듣는 이들에게 엉뚱한 추측을 일으키는 모호한 말을 한다. 클로디어스는 오필리어의 이런 행동이 위험하다고 느낀다. 그녀가 끊임없이 자기 아버지의 죽음에 대해서 떠들고 다니기 때문이다.

그리고는 왕비의 방백이 이어진다. 모든 사소한 일들이 그녀에게는 큰 불행의 전주곡 같다. 죄의식은 걱정을 주체하지 못하고 파멸을 겁내다가 스스로 파멸을 자초한다며 왕비는 불안해한다. 이 방백은 극에서 왕비의 깊은 심리상태를 드러내주는 유일한 부분이다. 그녀는 오필리어를 보기를 주저한다. 그러나 호레이쇼는 그녀와 말을 나누는 것이 좋겠다고 권한다.

그 다음에 우리는 극문학에서 가장 유명한 장면 중 하나와 대면하게 된다. 미쳐버린 오필리어가 등장하는 장면이다. 그녀는 완전히 제정신을 잃었다. 헝클어진 머리카락을 그대로 늘어뜨린 채로 나타나서는 만돌린을 치면서 이런저런 발라드의 서로 무관한 노래 구절들을 아무렇게나 불러댄다. 대부분 글로브 극장에 모인 관객들이 잘 아는 노래들일 것이다. 어쩌면 그곳에서 공연한 다른 작품들에 나왔던 노래들일지도 모른다. 첫 번째 노래는 어떻게 그녀가 사랑하는 이를 알아볼 수 있느냐는 내용이다. 사랑은 여전히 종교의 개념 안에서 생각되는 까닭에 연인들은 누구나 순례자로 여겨진다. 따라서 연인을 알아볼 수 있는 표지도 산티아고 데 콤포스텔라Santiago de Compostela(스페인 갈리시아 지방에 위치해 있다. 예루살렘, 로마와 함께 3대 순례지의 하나로, 유럽 순례자들의 기나긴 순례여행의 종착지다. -옮긴이)로 가는 순례자들의 전형적인 차림새인 조개 모자와 지팡이다.

다음 노래의 가사는 무덤과 묘비 주변을 맴돈다. 그때 막 등장한 왕이 이 노래를 듣고는 걱정스레 그녀의 안부를 묻는다. 오필리어의 대답은 모호하기 그지없다. 처음에 그녀는 "고맙습니다!(God 'ield you!)"라고 인사를 한다. 그리고는 뜬금없이 빵을 달라는 예수의 요청을 인색하게 거절했다가 부엉이로 변한 빵장수의 딸에 관한 민담을 이야기한다. 사실 오필리어도 이와 비슷한 방식으로 변신한 셈이다. 다음 노래는 밸런타인데이에 사내를 처음으로 본 소녀가 그의 애인이 된다는 풍습에 관한 것인데 가사가 상당히 음란하다. 괴테는 이 노랫말을 차용하여 메피스토펠레스의 입에 올린다.

"카타리나 아가씨야, / 이렇게 이른 새벽 / 님의 집 문전에서 / 무얼 하느냐? / 아서라, 조심해라! / 녀석은 너를 / 처녀로 들이지만 / 처녀로 보내진 않을 테니."

오필리어의 노래는 이렇다.

"Let in the maid, that out a maid never departed more."

(들어간 처녀 몸이 나올 땐 처녀가 아니라네.)

"부디 정신들 차려라! / 일단 일을 치르고 나면 / 그 다음은 안녕이란다. / 가련하고 가련한 소녀들아! / 자기 몸을 아끼려면 / 어떤 도둑놈에게든 / 절대 사랑을 주지 마라, / 손가락에 반지를 낄 때까지는."

"Quoth she: 'Before you tumbled me, you promised

me to wed.' He answers: 'So would I 'a done, by yonder sun and thou hadst not come to my bed.'"

(그녀 왈 '제 옷고름 풀기 전에 결혼한다고 약속했잖아요.' 그가 대답하길 '저 해님에 맹세코 그러려고 했었지, 네가 내 침대로 오지만 않았다면.')

괴테의 그레트헨은 확실히 오필리어의 모습을 지니고 있다. 그녀도 결국 제정신을 잃게 된다. 오필리어가 여기서 미쳐서 상상하는 일들이 그레트헨에게는 실제로 일어난다. 둘은 모두 19세기에 들어 여성성의 상징적인 순교자들이 된다. 당시 사람들은 허물어진 여성의 육체를 표현하는 이 인물들을 특히 사랑했다. 하지만 오늘날 이 두 여인은 더 이상 인기를 끌지 못한다. 아무튼 괴테는 이 노래 장면을 각별히 사랑하여 그의 레어티즈라 할 수 있는 그레트헨의 오빠에게 발렌틴이라는 이름을 붙였다. 오필리어는 물러가기 전 마지막으로 자기 아버지에 대해서 말한다. 그리고는 자신이 귀부인이 된 착각 속에 빠진 모습으로 상상의 마차를 타고 무대에서 퇴장한다.

"Come, my coach. Good night, ladies……."

(자, 마차야 가자. 안녕히 주무세요, 숙녀 분들…….)

다음 장면에서 우리는 극 진행의 완급을 조절하는 셰익스피어의 극작기교를 엿볼 수 있다. 20행이 채 안 되는 대사를 통해서 클로디어스는 마치 결산을 하듯 그동안 발생한 사건으로 인한 전체 난국상황을 요약한다. 오필리어의 정신이상을 비롯한 모든 일의 중심에 폴로니어스의 죽음이 놓여 있다. 레어티즈는 파리에서 돌아와 불만세력을 규합한다. 사람들은 폴로니어스를 비밀리에 서둘러 매장한 것에 의혹을 품고 폭동의 조짐을 보인다. 그들은 레어티즈에게 아비 폴로니어스의 죽음에 대한 책임이 왕에게 있다는 식으로 말해서 그의 분노를 부채질하는 짓도 서슴지 않는다고 한다.

이런 묘사가 채 끝나기도 전에 벌써 폭도들의 소란한 외침 소리가 밖에서 들려온다. 전령이 들어와서 레어티즈가 폭도들을 이끌고 궁성으로 쳐들어온다고 고한다. 곧이어 레어티즈가 직접 모습을 드러낸다. 레어티즈는 복수를 외친다.

"차분한 피가 단 한 방울이라도 내 혈관 안에 남아 있다면 난 사생아다. 그러면 내 아버지는 오쟁이 진 남편이고, 어머니의 이마엔 창녀의 낙인이 찍힌다."

여기서 레어티즈가 아버지의 죽음에 대한 책임을 왕에게 묻고 있다는 건 명백하다. 그는 왕을 "이 비열한 왕(Thou vile King)"이라고까지 부른다. 왕비는 급히 두 사람 사이에 끼어들며 말린다. 클로디어스는 그러는 왕비에게 레어티즈의 말을 막지 말라고 몇 차례나 거듭 말한다.

"그를 놔두시오, 거트루드! 내 걱정은 하지 마오. 국왕은 신성의 보호를 받으니까."

하지만 레어티즈는 그런 말들에 아랑곳하지 않는다.

"허튼 수작은 소용없어!"

"충성 따윈 지옥으로! 충성의 맹세는 악마의 제왕에게나 쥐버려!"

레어티즈는 노골적인 저주를 퍼붓는다. 그는 이승과 저승, 자연적 세계와 초자연적 세계에 모두 맞설 태세다. 그는 오로지 복수의 일념으로 불탄다.

클로디어스는 일단 부친의 죽음에 관한 진실을 말해주겠다는 약속으로 레어티즈를 진정시킨다. 그가 미처 본론으로 들어가기도 전에 오필리어가 등장하여 레어티즈에게 부친의 죽음이 초래한 결과를 생생하게 보여준다. 레어티즈의 불행과 분노는 더욱 고조된다.

"오 하늘이여, 젊은 처녀의 정신이 늙은이의 생명처럼 저렇게 가버릴 수 있단 말인가?"

그는 오필리어가 자기 정신을 아버지에 대한 사랑의 표시로 함께 무덤 속으로 딸려 보냈다고 말한다. 이제 오필리어의 사랑은 무덤의 주제와 결합한다. 오필리어는 무덤으로 따라간 이에 관해 노래하면서 오빠에게 후렴을 부르라고 말한다. 그리고는 ⏌ 자리에 있는 사람들에게 꽃을 나눠주기 시작한다. 오필리어는 꽃을 줄 때마다 꽃말을 설명한다.

로즈메리는 기억을 뜻한다. 사람들은 결혼식 때뿐만 아니라 장례식 때도 이 꽃을 뿌린다. 팬지는 사랑에 대한 상념을 뜻한다. 이 꽃들은 오필리어 자신을 위한 것이다. 클로디어스에게는 아첨을 뜻하는 회향꽃을 준다. 매발톱꽃은 생김새 때문에 간통과 바람난 아내를 뜻하는데, 오필리어는 이 꽃도 클로디어스에게 준다. 운향꽃은 회한을 뜻한다. 오필리어는 이 꽃을 왕비에게 준다. 그리고 자신에게도 회한의 고통을 조금 나누어 준다. 들국화는 거짓 맹세를 뜻하고, 오랑캐꽃은 지조를 뜻한다. 하지만 이 꽃들은 그녀의 아버지가 죽고 나서 모두 시들었다.

오필리어의 이런 모습은 처음과 달리 차츰 레어티즈의 흥분을 가라앉힌다. 비애와 고통 그리고 지옥조차도 그녀는 아름답고 매혹적인 것으로 바꾸어놓는다며 그는 한탄한다. 이런 분위기를 틈타 클로디어스는 레어티즈에게 말을 붙인다. 그는 가장 현명한 친구들을 심판관으로 정해서 이 문제를 판단하도록 하자고 레어티즈에게 부탁한다.

여섯 째 장에서는 호레이쇼가 등장한다. 그는 햄릿의 편지를 받는다. 그 안에는 로젠크란츠, 길든스턴과 함께 햄릿을 영국으로 데려가던 배가 해적들의 습격을 받았으며, 햄릿 혼자만 포로로 남고 나머지는 영국으로 계속 항해를 하게 되었다는 내용이 담겨 있다. 햄릿은 자신이 곧 덴마크로 돌아갈 것이라고도 썼다. 두둑한 보상금을 챙길 수 있는 해적들에게는 대단히 재수가 좋은 경우이기 때문이다.

이 장은 그 사이 시간이 꽤 흘렀음을 암시해준다. 이로써 우리는 레어티즈의 이야기도 그동안 많은 진척이 있었으리라고 짐작해볼 수 있다. 아마도 왕은 이제 그를 거의 제 편으로 끌어들였을 것이다.

4막 7장

실제로 우리는 왕이 레어티즈의 마음을 돌려놓는 데 성공했음을 본다. 그는 레어티즈에게 부친의 살해범 햄릿이 왕인 자신의 목숨까지도 노린다는 사실을 강조해서 말한다. 그런데도 위험을 사전에 막지 못한 이유로 클로디어스는 두 가지 사실을 든다. 하나는 그의 어머니가 아들을 너무나 애지중지하기 때문이고, 두 번째는 그가 백성들에게 큰 사랑을 받기 때문에 섣불리 행동했다간 위험에 처할 수 있었다는 것이다. 이에 레어티즈는 자신이 햄릿에게 개인적으로 복수하겠노라고 다짐한다. 햄릿은 이제 단순한 복수자가 아니라 동시에 타인의 복수 대상이 된다. 지금 계획되고 있는 복수는 그를 향한 것이다.

그때 전령이 등장해서 햄릿의 편지를 왕에게 전달한다. 편지에서 왕자는 자신의 귀환을 알리고, 내일 왕을 알현하여 그간의 경위를 설명하겠다고 말한다. 왕은 뜻밖의 소식에 큰 충격을 받는다. 혹시 거짓 편지인가 하여 자세히 살펴보지만 햄릿의 필체가 분명하다. 왕은 이것이 햄릿이 직접 써서 보낸 것임을 인정하지 않을 수 없다. 그는 당장 음모를 꾸민다. 우리는 이제 악당의 본색이 여지없이 드러남을 보게 된다. 클로디어스가 여기서 가감 없이 내보이는 범죄자로서의 면모는 거꾸로 소급되어 그가 정말로 형의 살해범이 틀림없음을 확인시켜준다. 은밀한 계략을 사용해야 하는 이유로, 그는 다시 햄릿의 어머니 핑계를 댄다. 그녀가 아들의 죽음을 사고로 받아들일 수 있어야 한다는 것이다.

레어티즈를 자기 계획에 끌어들이기 위해서 클로디어스는 노르망디 지방에서 온 라모라는 이름의 프랑스인 얘기를 다소 장황하게 늘어놓는다. 그 프랑스인은 두 달쯤 전에 궁정으로 와서 신기에 가까운 말 타기 재주를 보여주었다고 한다. 그런데 그가 파리에서 레어티즈와 사귀었다며 그의 검술에 대한 칭찬을 입에 침이 마르도록 했다는 것이다. 이에 햄릿의 시기심이 발동했고, 레어티즈와 검술을 겨뤄보고 싶어서 그가 파리에서 돌아오기만을 학수고대했다고 말한다.

이렇게 장황하게 서술한 노르망디 사람은 아마도 셰익스피어의 후원자인 사우샘프턴 백작을 모델로 삼은 것이 아닌가 싶다. 백작은 "마술의 달인(Master of His Horse)"이라는 칭호를 얻은 바 있다.

햄릿을 살해하기 위한 모의를 본격적으로 시작하기 전에 왕은 먼저 이런 비열한 계획에 가담함으로써 레어티즈가 느끼게 될 도덕적 가책에 대한 우려를 말끔히 없애야 한다. 왕은 레어티즈에게 현재의 마음 상태를 행동의 촉진제로 삼도록 요구한다. 그리고 마땅히 해야 할 일은, 하고자 하는 욕구가 왕성할 때 행동에 옮겨야 한다고 강조한다. 욕구 자체도 시간의 변화에서 자유롭지 못하기 때문이다. 이 대목은 행위의 지연 가능성을 강하게 암시하고 있다. 이 극에서는 세계의 연속성뿐만 아니라 자아의 연속성에 대해서도 깊은 불신이 자리 잡고 있다. 햄릿은 자아의 연속성을 확고한 토대 위에 올려놓기 위해 안간힘을 쓴다. 하지만 이런 노력은 반대로 감정의 연속성을 무너뜨리게 된다. 그 결과 햄릿의 성찰은 원래 의도했던 목적과 단절되고 만다.

이 점에서 레어티즈는 햄릿과 정반대의 전략을 따른다. 그는 온갖 가능성으로 가득 찬 세계를 단칼에 확실성으로 바꾸어놓으려 시도한다. 그는 망설임 없이 단호하게 행동한다. 아버지의 복수를 위해 어떤 일을 하겠느냐는 클로디어스의 물음에 레어티즈는 곧바로 교회에서라도 놈의 목을 치겠다고 답한다. 이 대답은 햄릿이 기도하는 왕에게 칼을 겨누었던 장면과 직접적인 대비를 이룬다. 그때 햄릿은 복수를 실행하지 못했다.

왕은 이런 방식으로 레어티즈의 동기를 새삼 자극한 뒤에 마침내 자신의 제안을 밝힌다. 그는 레어티즈에게 당분간 꼼짝 말고 자기 방에 머물라고 한다. 그러면 자신이 사람들을 시켜 그의 검술을 칭송하게 하여 햄릿이 곧 검술시합에 나서도록 만들겠다고 한다. 하지만 이 시합의 승자는 미리 정해져 있다. 이 시나리오에서 레어티즈는 스포츠로 하는 검술시합에서 늘 사용하는 무딘 검이 아니라 예리하게 날이 선 검을 사용할 것이고, 이때 몇 가지 트릭을 써서 고의로 햄릿을 찌르면 그를 죽이고 부친의 원수를 갚을 수 있으리라는 것이다. 햄릿은 술수를 모르는 인물이므로 사전에 검을 확인하는 일 따위는 없을 게 분명하다. 레어티즈는 당장에 이 제안을 받아들인다. 그는 한술 더 떠서 검에 독을 바르겠다는 제안까지 한다. 이에 왕은 일을 더욱 확실히 끝낼 수 있는 세 번째 수단으로 응수한다. 시합의 열기가 뜨거워지면 햄릿이 갈증을 느껴 목을 축이려 할 것이므로, 이때 독이 든 술잔을 미리 준비했다가 건네주겠다는 것이다. 이로써 삼중의 안전장치가 마련된다. 칼의 날을 세우고, 칼에 독을 묻히고, 독배를 준비하는 것. 여기서 왕이 다시금 자신의 주무기인 독을 사용하는 점이 흥미롭다. 그리고 레어티즈는 새롭게 독살자 대열에 합류한다.

두 사람의 대화는 왕비의 등장으로 중단된다. 그녀는 약 20행에 걸쳐 오필리어의 죽음을 알린다. 그녀가 전하는 죽음은 매우 시적이다. 여기서 묘사된 오필리어의 죽음은 후대의 예술가들에 의해 두고두고 인용된다.

그곳은 냇가에 비스듬히 수양버들이 자라나고, 맑은 냇물 위에 화사한 잎사귀들이 반사되는 곳이다. 오필리어는 그곳에서 미나리아재비, 쐐기풀, 들국화, 야생란 따위를 엮어서 만든 어여쁜 화환을 버들가지에 걸어놓으려다가 그만 못된 가지가 부러지는 바람에 화환과 함께 울고 있는 물 위로 떨어진다. 입고 있던 옷이 물 위로 쫙 퍼지면서 그녀는 잠시 인어처럼 물 위에 뜬 채로 화환에 둘러싸여 찬송가를 몇 구절 부른다. 마치 원래부터 물에서 지내온 것처럼 겁을 내거나 위험을 의식하지도 않은 채. 그러나 오래지 않아 그녀의 옷은 한껏 물을 머금었고, 가여운 처녀는 여전히 노래를 부르며 진흙 속 죽음으로 끌려들어갔다.

여기서 우리는 죽어가는 백조의 모습을 떠올리게 된다. 백조는 죽을 때 마지막 노래를 부른다고 한다. 음악과 하모니 속에서 맞이하는 죽음이다. 백조는 자기만의 멜로디 속으로 침잠한다. 이 멜로디는 물과 죽음의 연상과 어우러진다. 울음과 노래, 그리고 물속에서의 죽음은 이런 식으로 하나의 이미지 속에 결합된다. 죽어가면서 천상과 결합된 음악에 잠기는 것은 마치 축복과도 같다.

19세기의 삽화에는 대단히 낭만적으로 묘사된 이런 그림이 많이 등장한다. 그것은 관객들이 무대 위에서 오필리어의 죽음을 직접 보고 있는 듯한 느낌을 준다. 오필리어의 죽음은 이렇게 해서 '집단적 기억(collective memory)'의 일부가 되었다.

레어티즈도 오필리어의 죽음에 대한 이 같은 묘사에 슬픔을 억누르지 못한다. 그는 눈물을 참으려 애를 쓰지만 끝내 울음을 터뜨리고 만다. 이렇게 4막은 서정적인 리타르단도('점점 느리게'를 뜻하는 음악 용어. ─옮긴이) 속에서 마감된다.

5막

다음 장에서는 이 작품의 가장 유명한 장면이 등장한다. 해골을 손에 든 덴마크의 왕자. 공동묘지 장면이다.

햄릿이 등장하기 전에 우리는 먼저 무덤 파는 인부 두 명을 보게 된다. 그들은 서로 상대방의 말꼬리를 물고 늘어지는 식으로, 자살자에게 기독교식 장례가 허용되는지 여부에 대한 법리적 논쟁을 패러디한다. 대화가 진행되면서 그들의 논의는 사회비판적 양상을 띤다. 그들은 자살한 여인이 기독교 묘지에 묻히는 것을 보고 귀족의 특권이 행사되었음을 금방 알아챈다. 한 인부가 옛날에는 귀족들이 모두 정원사나 무덤 파는 인부가 아니었겠냐고 말한다. 그런 것들이 모두 아담의 직업이니까 말이다. 아담도 귀족이었냐는 물음에 그는, 아담이 인류 최초로 '문장紋章(arms)'을 지녔던 사람이라고 재치 있게 대답한다. 물론 그가 여기서 'arms'를 가지고 뜻한 것은 문장이 아니라 두 팔이다. 하지만 상대방은 이 농담을 제대로 이해하지 못하고 아담에게 '문장(arms)' 같은 것은 없었다고 반박한다. 그러자 첫 번째 사람은 아담에게 '두 팔(arms)'이 없었다면 어떻게 땅을 팔 수 있었겠냐고 되묻는다. 이들의 우스개 대화에서 우리는 농민봉기의 유명한 구호를 떠올리게 된다.

"When Adam delved and Eve span, where was then the genteman?"

(아담이 땅을 파고 이브가 실을 짤 때 귀족은 어디에 있었는가?)

이어서 첫째 인부는 둘째 인부에게 "석수, 목수, 조선공보다 더 튼튼한 걸 짓는 사람은 누구인가?"라고 수수께끼를 낸다. 교수대라는 대답은 썩 괜찮긴 하지만 틀린 답이다. 정답은 무덤 파는 인부다. 그가 만드는 집은 최후의 심판날까지 *끄떡없이* 견디기 때문이다. 첫째 인부는 둘째 인부에게 술을 받아오라고 한 뒤 자신은 무덤 파는 일을 계속한다. 그가 일을 하면서 흥얼거리는 노래는 토마스 복스 경의 시 'I loathe that I did love(사랑은 이제 지긋지긋해)'를 그룹버전으로 개작한 것이다.

In youth, when I did love, did love
    Methought it was very sweet
To contract — o — the time for — a — my behove
    O methought, there — a — was nothing meet

But age, with his stealing steps,
    Hath caught me in his clutch
And hath shipped me intil the land
    As if I had never been such

A pick axe, and a spade, a spade,
    For and a shrouding — sheet,
Oh, a pit of clay for to be made
    For such a guest is meet.
            [⋯]

젊었을 땐 사랑하고 사랑했지

참으로 달콤하다 생각했지
시간으 — 을 — 내 뜻대로 — 오 — 보냈지
  그게 — 에 — 최고라고 — 오 — 생각했지

허나 백발이 도둑발로 다가와
  억센 손에 이 몸을 움켜쥐고
옛 시절은 없었던 것처럼
  땅속으로 이 몸을 데려갔지

곡괭이와 삽 하나로, 삽 하나로
  수의 한 벌 덧붙여서
흙구덩이 또 하나를, 어화 능차
  손님 맞춰 파고지고

"…… 차용증서니, 담보증명이니, 이중증인이니, 양도확
인이니 야단법석을 떨던 땅부자가 아닐까? 담보물 생각만
가득하던 그 머릿속이 진흙으로 가득 찼으니 이게 최고의
담보이고 최후의 양도확인이렷다. 증인소환이다 이중증인
이다 난리를 치며 토지를 사들인 결과가 양도증서들도 다
보관하기 힘들 정도로 비좁은 이 관 하나렷다."
  결국 햄릿은 무덤 파는 인부에게 지금 누구의 무덤을 파내
고 있냐고 묻는다. 인부는 셰익스피어의 작품이 늘 그렇듯
이 걸쭉한 농담으로 답한다. 이에 햄릿은 시절이 어찌나 세

련되었는지 농사꾼의 발가락이 궁정 중신의 뒤꿈치에 바싹 붙어 가려운 데를 긁어달라고 할 정도라고 세태를 탓하며 혀를 찬다.

햄릿의 이 언급은 1601년의 신구빈법新救貧法(New Poor Law)과 관련지어 생각해볼 수 있다. 이는 앞서 햄릿이 "지난 3년 동안 지켜본 바이지만"이라고 말한 것과도 잘 일치한다. 부자의 세금으로 빈민을 구제한다는 이 법안은 1597년에 승인되었다.

무덤 파는 일을 언제부터 했냐는 그 다음 질문에는 인부는 매우 정확하게 대답한다.

"돌아가신 햄릿 왕께서 포틴브라스를 무찌르신 바로 그날, 바로 햄릿 왕자님이 태어나신 날이죠. 그러니까 정확히 30년이 되었습죠."

그리고 햄릿도 잘 아는 왕의 어릿광대가 죽은 것은 23년 전이다. 무덤 파는 인부는 햄릿이 미쳐서 영국으로 쫓겨난 사실도 알고 있다. 정신을 차리라고 그곳으로 보내졌지만, 그렇게 되지 않더라도 별로 문제될 건 없다고도 말한다. 어차피 그곳은 모두 다 미쳤기 때문이란다.

그 인부는 사람이 죽어 땅속에 묻히면 썩는데 약 8~9년의 시간이 걸린다는 이야기도 해준다. 무두장이는 9년이 넘게 걸리는데 직업상 살가죽이 잘 무두질되어 썩는 데 보통 사람보다 오랜 걸린단다. 마지막으로 그는 햄릿에게 해골 한 개를 건네주며 잘 보라고 한다. 그것은 바로 왕의 어릿광대

요릭의 해골이다.

햄릿은 바로 이 모습으로 빈번히 그림에 등장한다. 죽음을 바라보는 햄릿. 소름끼치는 해골이 궁정 어릿광대의 것이란 점도 흥미롭다. 해골은 마치 바라보는 이를 조롱하며 비웃는 듯이 보인다. 동시에 이 장면은 어릿광대짓을 하고 있는 햄릿과도 연결된다. 정신착란, 어릿광대, 죽음은 서로 연결된 하나의 주제군을 형성한다. 요릭은 조지George의 덴마크식 이름이다. 하지만 이 이름이 실제 어릿광대와 관련되었는지는 밝혀진 바 없다. 요릭의 해골을 손에 들자, 한때 자신을 수없이 업어주었던 궁정 어릿광대에 대한 생생한 기억과 해골이 된 현재 상태가 대비되면서 햄릿은 감상적이고 우울한 성찰에 빠져든다.

"좌중을 웃음바다로 만들던 자네의 재치와 익살, 자네의 노래는 다 어디로 갔는가? 이렇게 히죽거리는 이 친구의 얼굴을 조롱할 사람이 이젠 아무도 없단 말인가? 하기야 아래턱이 완전히 사라져버려서 그다지 우스꽝스럽지도 않구먼."

이윽고 햄릿은 해골에게 이렇게 지시한다.

"마님 방으로 가서 전하게, 화장품을 1인치 두께로 처발라봤자 어느 날이면 이런 얼굴이 될 수밖에 없다고 말이야. 그러면서 그녀를 좀 웃겨보라고."

햄릿은 이제 알렉산더 대왕을 끌어들여 삶과 죽음의 순환을 이야기한다. 알렉산더는 죽었고, 땅속에 묻혀 티끌로 변했고, 티끌은 흙이 되고, 흙은 점토가 되고, 점토는 지푸라기와 반죽되어 맥주 통에 난 구멍을 메우니, 결국 알렉산더가 죽어 술통마개가 된 셈이라고 말한다. 햄릿은 이것을 아예 운율을 맞춰 노래로 부른다. 이번에는 시저가 죽어서 변한 흙을 가지고 벽에 난 바람구멍을 막는 노래다.

햄릿이 영국으로 떠날 때까지의 주제가 덴마크가 앓고 있는 병이었다면, 그가 다시 돌아온 뒤의 주제는 죽음이다. 이 극이 무덤에서 나온 유령과 더불어 시작되었다면 이제 우리는 다시 무덤으로 돌아간다. 햄릿 자신은 점점 무덤에 가까이 다가서고, 비극은 종국으로 치닫는다. 죽음은 해골이 되어 히죽거리고 있는 어릿광대의 모습으로 나타난다. 이 웃음 속에는 존재의 유한성에 대한 조롱이 담겨 있다.

죽음은 또한 위대한 평등주의자다. 죽음은 사회적 차별을 없애고 만인평등을 외친다. 해골들의 윤무에서 죽음은 종종 사회비판적인 모습으로 등장한다. 귀족, 부르주아, 농부, 거지 그리고 그 사이사이로 자리 잡은 죽음이 한데 어우러져 윤무를 춘다. 여기서 사회적 차별이나 신분의 차이는 존재하지 않는다. 죽음은 가면을 벗고 정체를 드러낸다. 죽음은 또한 극의 종말을 뜻한다. 그러므로 죽음은 비극의 종말로 적합하다. 비극에서 배우들은 모두 평등하게 죽음을 맞는다. 이런 점에서 죽음은 카타르시스 효과를 지닌다.

이제 무대에는 궁정 사람들이 등장한다. 자살한 오필리어의 장례식을 치르기 위해서다. 햄릿은 장례식이 약식으로 치러지는 걸 보며 죽은 이가 제 스스로 목숨을 끊었음을 알아챈다. 레어티즈도 장례의식이 이것이 전부냐고 묻는다. 장례를 집전하는 성직자는 교회에서 허락하는 한도에서 최고로 성대하게 의식을 치르고 있노라고 대답하며, 그녀의 미심쩍은 죽음은 조사 대상이었다고 말한다. 만약 윗자리에 있는 분이 다른 절차를 생략하도록 지시하지 않았더라면 그녀는 성스럽지 못한 땅속에 묻혀야 했을 거라고, 하지만 그녀에게는 시집 안 간 처녀의 무덤을 장식하는 꽃과 화환이며 교회의 조종弔鐘이 허락되었으니 더 이상은 안 된다고 말한다. 그보다 더 성대하게 장례식을 치르는 것은 평화롭게 떠나간 영혼들의 장례식을 모독하는 짓이라는 것이다. 그러고는 오필리어의 관을 땅속에 묻는다. 왕비는 그녀 위로 꽃을 뿌리며 "꽃 위에 꽃이다(Sweets to the sweet)"라고 말한다. 오필리어와 꽃의 연상은 여기서도 계속된다. 관은 이제 천천히 무덤 속으로 들어간다.

관 위로 흙을 덮으려 할 때 레어티즈가 동생을 다시 한 번 품에 안아보겠다며 무덤 속으로 뛰어든다. 그는 무덤 파는 인부에게 자신을 오필리어와 함께 묻어달라고 부탁한다. 그리고 두 사람 위로 흙을 높이 쌓아 무덤이 올림포스 산보다 더 높아지게 하라고 말한다. 이 장면에서 레어티즈가 사용하는 과장된 수사는 그를 피로스의 장황한 독백을 내뱉는 연극배우와 비슷하게 만든다. 이것은 글로브 극장과 경쟁관계에 있던 '로드 애드머럴즈 맨' 극장의 연기스타일이다. 두 극장의 경쟁관계가 이처럼 레어티즈와 햄릿의 경쟁 속에 다시 나타나고 있는 건 흥미롭다.

레어티즈의 과장된 몸짓은 햄릿을 분노케 하여 사람들 앞에 모습을 드러내게 만든다.

"This is I, Hamlet, the Dane."

(과인은 덴마크의 햄릿이다.)

햄릿은 여기서 자신을 왕으로 소개한다. 그는 오필리어에 대한 사랑과 슬픔을 표현하는 데 있어서 어느 누구에게도 뒤지지 않으려는 듯 레어티즈와 마찬가지로 무덤 속으로 뛰어든다. 레어티즈의 과장된 태도를 탓하며 이를 따라하는 햄릿의 행동은 자신의 터질듯이 아픈 가슴을 에둘러 표현하는 것이기도 하다. 그는 레어티즈와 마찬가지로 과장된 어조로 이렇게 말한다.

"너는 어떻게 네 슬픔을 증명하려는데? 엉엉 울 테냐, 싸울 테냐, 굶을 테냐, 네 몸을 갈가리 찢을 테냐, 식초를 마실 테냐, 악어를 뜯어 먹을 테냐? (식초는 당시 우울증을 가라앉히는 데 효험이 있다고 여겨졌고, 악어는 '악어의 눈물'을 가리킨다.) 나도 그러마. 넌 징징거리기나 하고 나를 이겨보려 무덤에나 뛰어들려고 여기에 왔느냐? 그녀와 산 채로 묻히겠다면 나도 그렇게 하마. 우리 위로 수백만 톤의 흙을 쌓아 우리의 무덤이 이글거리는 태양에 머리를 그을리고, 오싸의 산꼭대기가 오히려 콩알만 하게 보이게 만들자. 그래, 네가 함부로 입을 놀려 큰소리를 치겠다면 나도 네놈 못지않게 떠벌릴 수 있다!"

이로써 햄릿은 전형적인 복수자의 모습에서 벗어난다. 여기서 흥미로운 점은 이런 과장된 행동에서조차도 그의 슬픔과 비탄이 묻어난다는 사실이다. 이는 1막에서 그가 어머니의 말에 격앙된 반응을 보이며 죽은 이에 대한 상투적인 애도의 표현을 질타하던 것과도 일치한다.

"These are things that a man might play. But I have that within which passes show."

(이런 건 누구나 연기할 수 있습니다. 허나 제게는 겉치레를 초월하는 그 무엇이 가슴 속에 있어요.)

이것은 지금 햄릿이 레어티즈에게 경고하는 말과 거의 똑같다.

"Yet I have something in me dangerous."

(내 속에는 무언가 위험한 게 있거든.)

거트루드는 아들 햄릿의 '광기'를 사과한다. 그녀의 말투는 3막의 '내실 장면(the closet scene)'을 상기시킨다. 왕비는 그의 발작상태가 잠시 그렇게 지속되다가 곧 금빛 새끼 비둘기를 품고 있는 암비둘기처럼 조용히 가라앉을 거라고 말한다. 햄릿은 레어티즈가 자신에게 그토록 함부로 대하는 것에 의아해한다. 그는 레어티즈에게 자신이 언제나 잘 대해주지 않았느냐고 되묻는다. 하지만 곧 어깨를 으쓱해보이고는 태도를 바꾼다. 아무리 착한 사람도 나쁜 이웃과는 평화롭게 지낼 수 없는 법.

"천하장사 헤라클레스도 고양이와 개가 서로 으르렁대는

걸 막을 수는 없지."

이제 우리는 이 연극의 마지막 장에 다다른다. 이 장은 마치 영화의 한 컷처럼 시작된다. 햄릿은 막 어떤 이야기를 끝낸 참이다. 그는 "그건 그쯤 하고(So much for this)"라고 말하고는 자신의 영국행 이야기를 시작한다. 우리는 그가 해적들에게 포로로 붙잡혔다 풀려났다는 건 이미 알고 있다. 그가 지금 들려주는 것은 그 전의 이야기다. 해적들이 나타나기 전 햄릿은 배에서 번민에 사로잡힌다. 그는 잠을 이루지 못하고, 자신이 족쇄를 찬 폭도보다도 못하다고 느낀다. 충동적으로 그는 자신과 동행하는 로젠크란츠와 길든스턴의 방에 몰래 들어가서 그들의 짐 꾸러미를 슬쩍하여 자기 방으로 돌아온다. 그 안에는 영국 왕에게 보내는 편지가 들어 있다. 편지를 뜯어 본 햄릿은 그것이 '우리아의 편지'란 걸 알게 된다. 편지에는 이것을 읽자마자 지체 없이, 도끼날을 세우는 것조차 기다리지 말고 그의 머리를 잘라버리는 지시가 남겨 있다. 이야기 중간에 햄릿은 충동적인 행동을 옹호하는 말을 한다.

"치밀한 계획이 무위로 돌아갈 땐 가끔 무모함이 큰 도움이 된다는 걸 명심해야 한다. 그러므로 우리는 배워야 한다. 일은 우리가 벌여놓더라도 마무리는 하느님이 하신다는 것을."

이것은 「햄릿」에서 가장 많이 인용되는 구절 중 하나다. 여기서 햄릿은 이전까지의 고통과 번민에 찬 성찰과는 다른

165

태도를 보인다. 신의 섭리에 대한 믿음도 어느 정도 생겨난 듯이 보인다. 그리고는 하던 이야기를 계속 한다.

편지의 내용을 읽고 나서 햄릿은 남몰래 새 편지를 써 보내기로 마음먹고는 대단히 정교한 위조편지를 작성한다. 예전에 그는 매끈한 필체를 속되다고 여겨 부끄러워했지만 이제는 그와 같은 기교도 꽤 쓸모가 있음을 알게 된다. 편지에서 그는 덴마크의 왕으로서 영국이 자신의 충실한 속국임을 상기시키고, 두 나라 사이의 우정이 종려나무처럼 번성하고, 평화가 두 나라에 화환을 씌우고 둘 사이의 친목에 징검다리가 되어야 한다는 등의 말을 늘어놓은 다음, 이 편지를 보는 즉시 참회할 틈조차 주지 말고 이것을 가져온 자들에게 죽음을 내리라고 영국 왕에게 촉구한다.

편지에 국왕의 인장을 찍는 문제도 하늘의 보살핌이 있었다. 덴마크 옥새의 원본인 부친의 인장이 마침 그의 지갑 속에 있었던 것이다. 햄릿은 편지를 똑같은 형태로 접은 다음 자신이 서명하고 도장을 찍어 원래의 것이 있던 자리에 갖다 놓는다. 그리고 바로 다음 날 해적과의 전투가 벌어지고 그는 그들의 포로가 된다. 그 다음은 호레이쇼도 아는 내용이다. 그렇게 "길든스턴과 로젠크란츠는 자신들의 죽음을 맞으러" 떠나간다. 호레이쇼의 이 유명한 대사는 앞에서도 말했던, 길든스턴과 로젠크란츠를 주인공으로 해서 만든 스토파드의 유명한 극작품에서 제목— 'Rosencrantz and Guildenstern are dead(로젠크란츠와 길든스턴은 죽었다)'—으로 사용된다.

그리고 나서 햄릿은 두 사람에게 자신이 양심의 가책을 느낄 필요가 없는 이유를 간단히 이렇게 피력한다. 두 사람은 이 일을 자청하였다. 그들의 파멸은 이 일에 쓸데없이 끼어든 결과다. 저급한 인간들이 막강한 두 적대자가 독이 올라 주고받는 칼 틈에 낀다는 건 애당초 위험한 일이다. 이 모든 일들에 근거해서 햄릿은 이제 자신이 그런 사악한 왕을 죽이는 건 정당할 뿐만 아니라 자신의 의무이기조차 하다고 말한다.

호레이쇼는 곧 클로디어스 왕도 영국에서 발생한 일을 알게 될 거라고 햄릿에게 경고한다. 햄릿은 자신도 그러리라 생각하지만 그래도 그 사이의 짧은 시간이 자신에게 주어졌다고 말한다.

"The interim is mine."

(그 잠깐의 시간은 내 것이야.)

햄릿은 또 인생이란 '하나'를 세는 것보다 길지 않다고 말한다. 이것은 원래 결투에서 상대방을 찌르면서 하는 말이다. 그러나 레어티즈에게 지나치게 흥분했던 것에 대해서는 동병상련의 마음으로 미안해한다.

"The image of my cause I see that portraiture of him."

(내 처지에 미루어 그의 심정을 알 수 있으니까.)

햄릿은 레어티즈 역시 복수심에 불타고 있으리란 걸 알고

있다. 하지만 슬픔을 표현하는 레어티즈의 과장된 행동이
그를 화나게 했던 것이다.

"It put me into a towering passion."

(그것이 내 격정을 치밀어 오르게 하였다네.)

「햄릿」의 막바지에 새로운 인물이 등장한다. 멍청하고 우
스꽝스러운 조신朝臣 오즈릭이다. 그는 유행에 민감한 차림
에 잘난 체하는 허세가 심하다. 이어지는 대화는 이 우스꽝
스러운 인물의 현란한 복장을 조롱하는 말들이 대부분이다.
햄릿은 그를 날파리라고 부르는데, 이는 옷깃이 어깨에서부
터 날개처럼 뒤로 늘어지는, 당시에 유행하던 날개조끼를
보고 붙인 이름으로 보인다. 햄릿은 호레이쇼에게 오즈릭이
많은 재산 덕에 궁정에 조신으로 들어올 수 있었지만, 수다
떠는 것 말고는 다른 아무런 재주도 없어서 전령 노릇밖에
못하는 인물이라고 간략하게 소개한다.

오즈릭은 자신의 임무를 어서 빨리 끝마치고 싶지만 햄릿
이 계속해서 농담을 건네는 탓에 좀처럼 기회를 찾지 못한
다. 엘리자베스시대에는 실내에서도 모자를 쓰는 게 일반적
이었지만 오즈릭은 모자를 벗어들고 있다. 햄릿은 그에게
모자는 머리에 쓰라고 있는 거라고 말한다. 그가 너무 덥다
고 대답하자 햄릿은 반대로 실내가 아주 춥다고 말한다. 그
러자 오즈릭은 앞서 폴로니어스가 그랬던 것처럼 얼른 그의
말에 맞장구를 친다. 방금 전에 그와 정반대의 말을 해놓고
서도 말이다. 그러자 햄릿은 다시 덥다고 말하고, 오즈릭은

이번에도 그의 말에 맞장구를 친다. 이런 식의 대화가 한동안 오간 뒤에야 마침내 오즈릭은 본론으로 들어가는데, 두서없이 레어티즈의 이야기부터 꺼낸다. 그는 레어티즈를 누구보다 빼어난 자질과 아주 세련된 예법, 훤칠한 외모를 지닌 완벽한 신사라고 칭찬한다. 또 더 정확히 말하자면 제대로 된 신사에게 필요한 모든 덕목들을 갖춘 신사도의 모범 혹은 전형이라며 치켜세운다. 오즈릭은 이때 두 가지 은유를 뒤섞어서 말한다. 그는 마치 레어티즈를 판매하려는 세일즈맨처럼 말하다가도, 또 한편으로는 배의 은유를 사용하여 레어티즈를 여행에 나선 신사가 꼭 봐야할 모든 것들을 다 갖춘 대륙에 비유한다.

햄릿은 오즈릭의 이런 과장된 말투를 그대로 흉내 내어 한 술 더 뜬다. 그는 오즈릭처럼 배와 세일즈맨의 은유를 한데 버무려서 상당히 혼란스럽게 말한다.

"그의 완벽함에 대한 공의 설명은 하나도 빠뜨린 게 없소이다. 물론 그것은 포목점의 재고품 목록만큼이나 다양해서 보통 사람의 머리로는 감당하기 힘들다는 것도 잘 알고 있소. 감히 그의 빠른 배를 쫓으려하다간 옆길로 빠지지 않을 도리가 없지요. 허나 솔직하게 고백하자면 나는 그의 영혼이 엄청난 값어치를 지니고 있다고 여겨요. 그의 품질은 너무나 값비싸고 희귀해서 그와 비교할 수 있는 건 거울에 비친 그 자신의 모습뿐이지요. 그의 그림자보다 그를 더 잘 묘사할 수 있는 게 도대체 어디 있겠소?"

여기서 우리는 엘리자베스시대 궁정의 과장된 어법에 대한 신랄한 패러디와 만난다. 햄릿은 그러고 나서 이렇게 묻는다.

"그런데 그와 같은 신사를 우리의 조잡스런 숨결로 더럽히는 이유가 뭐지요?"

다시 말해서 그를 제대로 묘사할 능력도 없는 주제에 그에 대해서 무얼 말하려는가 하고 묻는다. 하지만 오즈릭은 햄릿의 과장된 어법을 제대로 이해하지 못한다. 그러자 호레이쇼는 햄릿에게 조금 쉬운 말로 그를 이해시키면 안 되겠냐고 물은 뒤 오즈릭에게 용기를 북돋운다.

"우리 한 번만 더 노력해봅시다. 경께서는 틀림없이 해내실 수 있습니다!"

햄릿은 다시 한 번 오즈릭에게 그와 같은 신사를 거명한 뜻이 무어냐고 묻는다. 이에 오즈릭이 멍청한 표정으로 "레어티즈 말이옵니까?"라고 되묻자 호레이쇼는 실망한 표정으로 이렇게 말한다.

"밑천이 떨어진 모양입니다. 미사여구가 벌써 바닥이 났군요."

"전하께서도 레어티즈를 잘 아실 텐데요."

오즈릭이 이렇게 말하자 햄릿은 마태복음 6장 1절을 흉내내어 대답한다.

"어찌 감히 레어티즈를 잘 안다고 고백할 수 있겠소. 그와 우열을 겨루지 않으려면 말이오. 허나 남을 잘 안다는 건 자기 자신을 잘 아는 것이지요."

오즈릭은 그러나 검술과 관련해서만 그렇게 말했던 것뿐이다. 그는 이 분야에서 레어티즈가 아무도 대적할 사람이 없는 것으로 이미 정평이 나있다고 덧붙인다. 그러고 나서 오즈릭은 우리가 곧 보게 될 검술시합의 조건과 규칙을 말한다. 무기로는 장검과 단검을 사용한다.

오즈릭은 이 시합에 걸린 내기에 관한 이야기도 한다. 왕은 햄릿의 승리에 베르베르 말 여섯 필을 걸었고, 레어티즈는 프랑스제 장검과 단도 여섯 자루, 그에 딸린 대단히 세련되고 우아한 부장품副葬品을 걸었다. 오즈릭은 이렇게 떠벌릴 때 잘난 척하느라 칼을 허리에 찰 때 쓰는 고리를 가리켜 대포 받침대인 '라페테'라고 부른다. 그러자 호레이쇼는 오즈릭의 말을 이해하려면 주석이 필요하겠다고 비꼰다.

오즈릭은 계속해서 시합의 규칙을 설명한다. 왕은 이번 경기에서 레어티즈에게 3점의 핸디캡을 두기로 정했고, 이에 레어티즈는 평소의 9회전 대신 12회전을 겨룰 것을 요구하였다고 한다. 3점의 핸디캡을 만회하려면 시간이 더 필요하다는 것이 그 이유다. 평소처럼 9회전만 한다면 레어티즈는 점수가 햄릿의 두 배, 즉 6대 3 이상이 되어야 이길 수 있기 때문이다.

이 시합의 규칙은 셰익스피어 연구자들 사이에서 오랫동안 논쟁거리가 되었던 문제다. "He has played on twelve for nine."이라는 문장의 의미가 분명치 않은 탓이다. 12회

171

전의 경기에서는 12 대 9의 점수가 나올 수 없다. 하지만 경기를 9회전 대신 12회전으로 치르고, 레어티즈는 최소한 3점을 앞서야 승리할 수 있다는 식으로 해석하면 문제는 쉽게 해결된다. 다시 말해서 레어티즈는 9 대 3이나 8 대 4는 되지만 7 대 5로는 이길 수가 없다. 햄릿이 이런 조건에 동의한다면 시합은 곧바로 열릴 것이라고 오즈릭은 말한다.

햄릿은 어차피 매일 이 시간에 검술 연습을 한다며 선뜻 시합에 동의한다. 오즈릭은 요란한 몸짓으로 허리를 굽혀 절을 하고는 모자를 다시 머리에 뒤집어쓰며 퇴장한다. 호레이쇼는 그가 마치 댕기물떼새처럼 알껍데기를 뒤집어 쓴 채 달아난다고 다시 조롱한다. 알껍데기는 물론 그의 괴상한 모자를 말한다. 햄릿도 그가 어머니의 젖을 빨기 전에 젖꼭지에 인사부터 했을 거라며 그의 과장된 공손함을 비꼰다. 그러면서 요즘 들어 새로 등장한 그와 같은 인간들은 말을 할 때도 오직 유행에 따라 남 흉내만 내려 한다고 꼬집는다. 그들은 주변사람들에게서 거품 같은 미사여구만 수집해서는 노련한 정신의 소유자들을 속여 보려 애를 쓰지만, 입을 조금만 오래 놀리면 거품은 금방 꺼져버리고 만다.

그때 귀족 한 사람이 다시 나타나 햄릿에게 곧바로 레어티즈와 경기를 하겠는지, 아니면 좀 더 준비할 시간이 필요한지를 묻는다. 이것으로 보아 우리는 오즈릭이 햄릿의 대답을 왕에게도 제대로 이해할 수 없게 횡설수설하면서 옮겼으리라고 추측할 수 있다. 햄릿은 그 귀족에게 자신은 준비가 되었노라고 말한다. 그때 왕과 왕비를 비롯한 모든 궁정 사람들이 오고 있다는 기별이 도착한다. 그 귀족은 햄릿에게 시합을 하기 전, 레어티즈와 화해의 인사를 나누라는 왕비의 당부를 전하고 물러간다.

궁정 사람들이 등장하기 전에 햄릿은 호레이쇼와 곧 있을 검술시합에 대해서 짧게 이야기를 나눈다. 호레이쇼는 햄릿이 질 것을 걱정하지만 햄릿은 자신감에 차 있다. 햄릿은 레어티즈가 프랑스로 떠난 후로 계속 검술 연습을 했으므로 레어티즈에게 부과한 핸디캡 정도면 충분히 이길 수 있으리라고 말한다. 이 말은 그가 시합에서 레어티즈를 압도할 수 있다는 뜻이 아니다. 자신의 실력이 레어티즈보다 더 낫지는 않지만 거의 대등하게 시합을 할 수 있으므로 레어티즈가 핸디캡을 극복할 수 없으리라고 말하는 것이다.

하지만 호레이쇼의 걱정은 더 큰 재난에 대한 암시를 담고 있다. 햄릿 역시 마음이 무겁다. 하지만 그런 걱정을 어리석음으로 치부한다. 불분명한 두려움과 걱정은 여자에게나 어울리는 일이라며. 그러나 호레이쇼는 내키지 않는다면 무리하게 할 필요 없다며 만류한다. 자신이 가서 이리로 오는 사람들을 막고 햄릿 왕자가 지금 몸이 편치 않다고 전하겠다고 말한다. 하지만 햄릿은 그런 호레이쇼의 만류를 받아들이지 않는다. 그는 불길한 전조 따위는 무시해버리려 한다. 그는 새가 나는 모습을 보고 미래를 예언했던 로마의 옛 사제들에 빗대어 참새가 한 마리 떨어지는 데도 특별한 섭리가 작용하는 법이라고 말한다.

이 대목은 또한 마태복음 10장 29절의 내용을 간접적으로 인용하고 있다. 햄릿은 여기서 새롭게 운명에 귀의하는 태도를 보인다. 죽을 때가 지금이면 미래에 오지 않을 것이고, 미래에 올 것이 아니라면 지금이 될 것이다. 하지만 지금 오지 않더라도 죽음은 언제든 오기는 올 터이다. 그리고 햄릿은 지금까지도 자주 인용되는 유명한 결론을 내린다.

"그러니 마음의 준비가 최고야."

아무도 이 세상에서 떠나야 할 때가 언제인지 알지 못하는데 그것 때문에 골치를 썩일 필요가 있겠는가? 이것은 몽테뉴의 사상과 정확히 일치한다. 몽테뉴도 항상 떠날 채비를 하고 있어야 한다고 말했다. 미래의 불확실성에 우리는 항상 마음의 준비를 갖추고서 대해야 한다.

중세 사람들은 죽음의 종말을 극복하는 방법으로 죽음을 극화시키고 삶 안에서 지속적으로 죽음과 대면하는 전략을 택했다. 시간이 흘러가는 것도 죽음의 한 형태로 받아들인다. 중요한 것은 마음의 준비다. 죽음에 대한 햄릿의 예감도 그러한 마음의 준비를 의미한다. 그는 이미 준비를 해왔다. 시합에 대비해 훈련을 하듯이 죽음을 준비하였다. 결투란 둘 중 한 사람은 죽음을 맞아야 하는 게임이다. 그처럼 이 극의 마지막 장에서도 죽음의 싸움이 벌어진다. 햄릿이 유명한 독백에서 말한 것과 같은 "죽느냐 사느냐?"의 싸움이다. 이는 또한 삶의 매 순간에 우리가 자신에게 던져야 하는 물음이기도 하다. 이런 방식으로 죽음은 삶 안에 자리를 잡고, 우리는 죽음에 익숙해진다. 그리고 죽음에 익숙해질 때 비로소 우리는 이탈리아인들이 '비르투'라고 부르는 남자다운 태도를 취할 수 있게 된다.

햄릿의 이런 짧은 성찰의 순간이 끝나자 궁정 사람들이 검술시합을 구경하기 위해 무대에 등장한다. 엘리자베스시대의 진짜 관객들도 이 시합 장면을 매우 흥미롭게 지켜보았을 것이 분명하다. 엘리자베스시대의 배우들은 잘 훈련된 뛰어난 검사들이었다. 많은 관객들이 오로지 무대 위에서 벌이는 결투를 보기 위해 연극표를 구입하였을 것이다. 무대 위에서는 우선 레어티즈와 햄릿의 검술시합이 벌어질 공간을 마련하느라 분주하다. 탁자가 준비되고 포도주병과 잔이 놓인다. 왕은 이를 햄릿의 승리를 기원하기 위해 마련한 것이라고 말한다.

탁자 위에는 시합에 사용될 검과 보호복이 놓인다. 무기는 이미 말했듯이 '장검(foil)'과 '단검(dagger)'이다. 'foil'은 오늘날처럼 끝에 동그랗게 구슬이 달린 펜싱용 '플뢰레'가 아니라, 그냥 날 끝을 무디게 만든 시합용 장검이다. 'dagger'는 왼손에 잡고서 상대방의 찌르기를 피하는 용도로 쓰이는 단검이다.

손과 머리와 가슴을 보호하기 위해 검사들은 쇠사슬로 짠 장갑과 갑옷을 입고 투구를 쓴다. 시종들은 이런 물건들을 탁자 위에 가져다 놓고, 구경꾼들에게는 방석도 나누어 준다. 무대 중앙에 검술시합을 할 자리가 마련되고 두 시합자가 마주보며 선다. 왕은 처음에 일종의 심판관 역할을 한다. 그는 시합을 시작하기에 앞서 두 사람에게 서로 악수를 하도록 시킨다.

"자, 햄릿, 내가 주는 이 손을 잡아라."

그는 레어티즈의 손을 억지로 햄릿의 손에 쥐어준다. 이미 어머니에게도 당부를 받은 햄릿은 레어티즈에게 부드러운 목소리로 자신의 행위에 대한 용서를 빈다. 둘의 싸움은 명예와 관련된 문제다. 따라서 햄릿은 '본성'과 '명예심'과 '반감'을 구별해서 말할 필요를 느낀다. '본성'은 아들로서 느끼는 자연스러운 감정을 말하는 것이고, '명예심'은 자신의 이름을 더럽히지 않으려는 것이고, '반감'은 상대에 대한 거부감이다. 햄릿은 레어티즈가 자신에게 품은 이 모든 감정에 대한 책임을 자신의 광기로 돌린다. 레어티즈의 반응은 무덤덤하다. 그는 개인적인 감정, 즉 '본성'과 관련해서는 햄릿의 사죄에 만족을 표한다. 하지만 명예에 관해서는 경험 많고 명망 높은 연장자들의 긍정적인 충고와 선례를 들을 때까지 햄릿과 아무런 화해도 하지 않겠노라고 말한다. 여기서 레어티즈는 명예와 관련된 갈등이 발생했을 때 연장자들이 공개적으로 중재에 나서는 고대의 전통을 따르고 있다. 물론 이것은 완전한 극적 아이러니의 장면이다. 왜냐하면 우리는 햄릿을 독이 묻은 칼로 죽이려는 그의 명예롭지 못한 계획을 이미 알고 있기 때문이다. 바로 이 장면에서 레어티즈는 오히려 그의 명예를 잃는다.

이제 두 사람은 무기를 고른다. 먼저 햄릿이 오즈릭에게 검을 달라고 말한다. 오즈릭은 이번에는 심판 겸 무기관리 인으로서 등장한다. 레어티즈도 검을 달라고 한다. 오즈릭 은 머뭇거리며 왕을 쳐다본다. 햄릿은 그동안 레어티즈에게 다정하게 말을 건다.

"I'll be your foil."

(내 자네를 빛내주지.)

'foil'은 앞에서 '검'을 뜻하는 말로 쓰였지만, 여기서는 레 어티즈를 어두운 밤에 환하게 불타오르는 별처럼 돋보이게 해주는 배경을 의미한다. 이는 레어티즈의 실력이 우월함을 정중하게 인정하는 말이다. 레어티즈가 자신을 놀리지 말라 고 말하자 햄릿은 고개를 저으며 그에게 다시 한 번 손을 내 민다. 그 사이 왕과 오즈릭은 서로 이야기를 끝낸다. 왕은 두 사람에게 검을 내어주라고 오즈릭에게 말한다. 오즈릭은 끝을 무디게 만든 시합용 칼을 여러 개 가져온다.

"조카 햄릿은 경기 규칙을 알고 있는가?"

왕의 물음에 햄릿은 공손히 대답한다.

"그럼요, 전하께선 약한 쪽에 점수 차를 두셨지요."

여기서 약한 쪽은 햄릿 자신이다. 왕은 두 사람을 보니 레 어티즈가 좀 더 센 것 같기에 그에게 핸디캡을 주었노라고 말한다.

햄릿은 왕과 말을 하느라 레어티즈가 어떻게 검을 고르는

지 미처 주의를 기울이지 못한다. 레어티즈는 끝을 무디게 만든 검이 자신에게 너무 무겁다며 되돌려준다. 그리고는 오즈릭이 독 묻힌 검을 놓아둔 곳으로 간다.

"다른 것을 좀 봐야겠소!"

이렇게 해서 레어티즈는 햄릿이 눈치 채지 못하게 날 끝을 예리하게 벼린 검을 골라잡는다. 두 사람이 보호복을 입는 동안 왕은 시합의 진행방식을 지시한다. 햄릿이 1회전이나 2회전에서 먼저 득점을 하거나 3회전에서 앞서의 실점을 만회하면 성벽 위에 세워진 모든 대포를 발사하고, 왕 자신은 햄릿의 건투를 위해 축배를 들겠다고 말한다. 그러면서 그는 햄릿의 잔에 역대 덴마크 왕들의 왕관을 4대에 걸쳐 장식했던 것보다 더 값비싼 진주알을 넣겠다고 공표한다. 하지만 이 진주알은 실제로는 독이 든 것이다.

여기서 우리는 다시 한 번 핸디캡의 효과를 짚고 넘어갈 필요가 있다. 햄릿이 처음 두 차례의 회전에서 승리를 거두면 레어티즈는 3점의 핸디캡을 극복하고 햄릿을 이기기가 매우 어려워진다. 반면에 햄릿이 먼저 실점을 하면 3회전은 전체 시합의 전환점으로 작용할 수 있다. 이제 곧 보게 될 테지만 햄릿은 실제로 처음 두 회전에서 승리를 거두고 3회전은 무승부로 진행된다. 왕은 술 잔 두 개를 달라고 한다. 한 개는 자기 것이고 다른 한 개는 햄릿에게 줄 것이다. 그리고는 햄릿에게 건넬 술잔에 진주알을 넣겠다고 말한다.

이제 왕은 검술시합의 시작을 알린다. 그는 나팔수에게

나팔을 울려 밖에서 대포를 쏘라고 명한다. 포탄은 하늘을 향해 발사되고, 하늘은 다시 메아리를 땅으로 보낸다. 그러자 왕은 햄릿을 위해 건배를 하고는 시합을 시작하라고 말한다. 그는 또 심판들에게 한눈팔지 말고 시합을 잘 지켜보도록 당부한다. 하지만 이 시합이 얼마나 불공정하게 진행되는지 아는 우리에게 왕의 이런 당부는 극적 아이러니로 다가온다.

1회전이 시작되고 햄릿이 먼저 승리를 거둔다. 그는 상대를 찌른 뒤 '하나(one)' 하고 말한다. 앞에서도 햄릿은 인생이란 '하나(one)'를 세는 것보다 길지 않다고 말한 바 있다. 레어티즈는 그러나 찔리지 않았다고 항의한다. 둘은 심판을 향해 판정을 요구한다. 오즈릭은 햄릿의 찌르기가 유효하다며 1점으로 판정한다.

"A hit, a very palpable hit!"

(한 방, 아주 확실한 한 방입니다!)

오늘날까시 자주 시용하는 유행어가 된 오즈릭의 이 대사는 윌리엄 콩그리브William Congreve의 희곡 「세상만사(The Way of the World)」에서도 인용되었다. 시합은 이제 2회전으로 넘어간다. 레어티즈는 실패를 만회하려고 안간힘을 쓴다. 하지만 왕은 이때 벌써 햄릿에게 독배를 먹이는 2차 계획으로 돌입한다.

"Stay, give me a drink!"

(멈춰라, 술잔을 이리 다오!)

왕은 햄릿에게 진주를 보여준 뒤 술잔에 집어넣는다. 그리고는 시종에게 그 잔을 햄릿에게 가져다주라고 명하고 자신의 술잔을 치켜든다. 그러자 북과 나팔이 울리고 밖에서는 대포소리가 난다. 하지만 햄릿은 아직 술을 마시려하지 않는다. 여기서부터 왕의 계획은 어긋나기 시작한다. 햄릿은 이렇게 말한다.

"먼저 이번 회전을 치르고 나서요. 그것을 잠시 나둬라!"

2회전이 시작된다. 햄릿은 이번에도 먼저 점수를 따고, 레어티즈도 이를 인정한다.

"A touch, a touch, I do confess."

(닿았습니다, 닿았어요. 인정합니다.)

왕은 근심이 되어 왕비에게 말한다.

"우리 아들이 이기겠소!"

이 말은 물론 왕비를 기쁘게 했을 테지만 그녀의 대사에선 어머니의 애정 어린 걱정이 묻어난다.

"He's fat and scant of breath."

(저 앤 땀이 나고 숨이 차 해요.)

그런데 이 대사는 대단히 불행한 해석의 빌미를 제공한다. 이 구절 때문에 햄릿의 모습은 심각한 손상을 입는다. 독일의 대표적인 셰익스피어 번역본인 슐레겔의 번역에서 "He's fat"을 "뚱뚱하다"로 번역한 것이다. 이때부터 사람들은 햄릿을 뚱뚱한 인물로, 심지어는 땅딸보로 상상하게 된다. 이것은 완전히 빗나간 해석임에도 브레히트 같은 위대한 극작가까지도 햄릿을 작고 뚱뚱한 인물로 무대 위에 세우는 우를 범하게 만든다. 하지만 여기서 'fat'의 의미는 뚱뚱한 것이 아니라 땀을 많이 흘린다는 뜻이다. 왕비는 햄릿이 땀을 너무 많이 흘리는 것을 보고는 땀방울이 시야를 가릴까 우려되어 손수건을 건네주며 이마를 닦으라고 말하는 것이다.

이제 극은 파국으로 치닫는 첫 번째 걸음을 내딛는다. 왕비가 방금 햄릿이 거절한 독이 든 포도주 잔을 집어 들고는 자신이 마시겠다고 말한다. 햄릿은 그러라고 답한다.

"Good, madam."

(좋습니다.)

왕은 왕비에게 다급히 귓속말을 한다.

"거트루드, 마시지 마시오!"

하지만 왕비는 왕의 말에 따를 생각이 없다. 아마도 아들의 연이은 승리로 기분이 들뜬 탓이리라. 그녀는 술을 마시고 햄릿에게도 내민다. 하지만 햄릿은 이번에도 거절한다. 술 때문에 시합을 위한 몸 상태가 나빠질까 우려하는 듯하다.

"I dare not drink yet."

(아직은 안 마시는 게 좋겠어요.)

그러자 왕비는 그에게로 다가가 손수건으로 땀을 닦아준다. 그러는 사이 왕과 레어티즈도 잠시 얘기를 나눈다. 레어티즈는 이제 햄릿을 찌르겠다고 말하지만 왕은 미심쩍어한다. 햄릿이 두세 번만 더 점수를 따거나 비기는 회전이 몇 번만 나오면 레어티즈는 더 이상 3점의 핸디캡을 만회할 기회가 없다. 시합이 12회전을 다 치르기 전에 미리 끝나버리기 때문이다. 그러면 햄릿을 죽일 기회도 사라진다. 그러므로 3회전은 그에게 대단히 중요하다. 햄릿은 자신감에 차서 레어티즈를 자극한다.

"자넨 장난을 치고 있군. 그러지 말고 있는 힘껏 찔러봐."

레어티즈는 그러겠노라고 맞받아친다. 하지만 그렇게 되면 어떤 일이 벌어질지 우리는 알고 있다.

"그래요? 그렇다면 어디 한번 봅시다!"

3회전은 무승부로 끝난다. 두 사람은 너무나 힘주어 칼을 맞대고 있어서 종료 신호가 떨어졌는데도 쉽사리 끝내지를 못한다. 두 번의 패배와 한 번의 무승부로 레어티즈는 다급한 상황으로 몰렸다. 심판은 지팡이를 두 사람 사이로 밀어넣어 두 사람을 떼어내고는 시합을 확실하게 종료시킨다. 권투에서 '브레이크'를 선언할 때와 비슷한 양상이다.

햄릿이 막 돌아서는 순간을 틈타 레어티즈가 비열한 공격을 가한다.

"Ha, at you now!"

(자, 맛 좀 봐라!)

이런 외침과 함께 그는 햄릿에게 달려들어 상처를 입힌다. 명백한 반칙 행위다. 햄릿은 화가 머리끝까지 나서 레어티즈를 다시 공격하고, 난투 중에 두 사람의 칼이 서로 바뀐다. 이 장면은 대개 햄릿의 거센 공격을 막다가 손에서 칼을 놓친 레어티즈가 햄릿에게 달려들어 그의 칼을 빼앗고, 햄릿은 바닥에 떨어진 레어티즈의 칼을 집어 드는 식으로 전개된다. 하지만 다음과 같은 방식도 생각해볼 수 있다.

햄릿은 레어티즈의 칼에 상처가 나자 이상하게 생각한다. 날을 무디게 만든 시합용 칼은 그런 상처를 입힐 수 없기 때문이다. 그는 자신의 칼을 내려놓고 레어티즈에게 달려들어 그의 칼을 빼앗은 뒤 자신의 칼을 그에게로 던져주고는 다시 시합을 시작한다. 이번에는 햄릿이 독이 묻은 칼로 레어티즈에게 상처를 입힌다.

그때 왕비가 쓰러진다. 사람들은 모두 놀라서 일어서고 시합은 중단된다. 오즈릭은 시종을 시켜 왕비를 보살피게 한다. 호레이쇼는 두 시합자가 모두 부상을 당했음을 알린다. 오즈릭은 레어티즈의 상처를 살피고, 호레이쇼는 햄릿을 돌본다. 햄릿은 황급히 왕비에게로 다가간다. 왕은 이제 절망적인 심정이다. 모든 게 다 어긋나버렸다. 하지만 그런 와중에도 왕은 왕비가 피를 보고 기절했다고 거짓말을 하며 상황을 모면하려 한다. 이에 거트루드 왕비는 마지막 힘을 모아 햄릿에게 술에 독이 들었다는 말을 남기고 숨이 끊어진다. 햄릿은 그것이 왕의 짓임을 눈치 챈다. 그는 시종들에게 아무도 홀을 빠져나가지 못하도록 문을 모두 닫으라고 명령한다. 생의 마지막 순간에 그는 처음으로 군주로서의 면모를 보인다.

"음모다! 찾아내라!"

그러자 레어티즈가 고백한다.

"It is here Hamlet……."

(여깁니다, 햄릿 왕자님…….)

그리고는 이 모든 음모의 중심에 누가 있는지 밝힌다.

"The King, the King's to blame!"

(왕, 왕의 책임입니다!)

마침내 햄릿은 쥐덫 장면 이후로 내내 기다려온 행동에 돌입한다. 그는 왕에게 달려들어 칼로 찌른다. 이제 홀 안은 혼란의 도가니다. 모두들 "음모"와 "반역"을 외친다. 그래도 왕은 끝까지 포기하지 않는다. 그는 그저 조금 다쳤을 뿐이라며 자신을 보호하라고 시종들에게 소리친다. 그러자 햄릿은 그의 뒷덜미를 붙잡고 억지로 입을 벌린 다음 독이 든 술잔을 붓는다. 왕은 곧바로 숨이 끊어진다. 그가 햄릿을 살해하려던 바로 그 방식대로 죽음을 맞은 것이다. 이로써 복수의 균형은 바로잡혔다.

레어티즈는 마지막 힘을 모아 햄릿에게 서로 용서를 나누자고 말하고는 죽는다. 햄릿은 왕비에게 마지막 작별을 고하고난 뒤 겁에 질려 바라보고 있는 궁정 사람들을 향하여 말한다. 그는 자신이 직접 사람들에게 이 모든 일의 전모를 설명해줄 수도 있을 테지만 냉혹한 저승사자가 곧 자신을 잡아갈 터이므로 그렇게 할 수 없다며 안타까워한다. 그리고는 호레이쇼에게 자신의 이야기를 올바로 전해달라고 부탁한다. 하지만 호레이쇼는 고대의 로마인처럼 독배를 마시고 스스로 목숨을 끊겠다고 말한다.

두 사람 사이에 마지막 설전이 벌어진다. 햄릿은 호레이쇼가 독배를 마시지 못하게 잔을 빼앗으려 한다. 그는 호레이쇼에게 진실을 사람들에게 이야기하여 자신의 이름과 명예를 회복시켜달라고 간청한다. 그때 바깥에서 포성이 들린다. 오즈릭이 무슨 일인지 보려고 문밖으로 나갔다 다시 돌아온다. 그는 포틴브라스 왕자가 폴란드를 정복하고 돌아가는 길에 마주친 영국 사신들에게 축포를 쏘며 인사를 하고 있다고 고한다. 그 영국 사신들이 도착하는 순간 햄릿의 임시 통치도 끝이 난다. 그들이 가져오는 소식은 로젠크란츠와 길든스턴의 죽음일 터이다.

하지만 햄릿에게는 영국의 소식을 들을 시간이 남아 있지 않다. 그래도 이 최후의 순간에 햄릿은 실질적인 국왕이다. 따라서 그는 왕으로서 '마지막 유언(dying voice)'을 통해 자신의 후계자를 정할 수 있다. 햄릿은 포틴브라스의 이름을 말한다.

"He has my dying voice."

(그가 내 마지막 유언일세.)

햄릿의 이 '선택(election)'은 중신들의 승인 절차를 밟아야 한다. 이 모든 것을 그는 호레이쇼에게 일임한다. 그리고 이와 같은 비극적인 사건이 벌어지게 된 경위도 함께 전하라고 당부하던 중 말을 채 끝마치지 못하고, 다음과 같은 최후의 일성과 함께 숨을 거둔다.

"The rest is silence."

(남은 건 침묵일 뿐.)

마지막으로 극은 등장인물들이 모두 무대에 등장하여 엄숙하고 회화적인 장면을 만들어낸다. 무대 위 세계는 영국 사신들과 포틴브라스 진영의 등장으로 한층 더 확대된다. 포틴브라스 왕자는 죽어 널브러진 시체 더미를 보며 말한다.

"This quarry cries on havock!"

(이 사냥된 시체들이 대살육을 외치는구나!)

여기서 포틴브라스는 죽음을 오만한 사냥꾼으로 묘사한다. 죽음은 단 일격에 그 많은 왕족들을 쓰러뜨려 자신의 영원한 밀실인 무덤에서 잔치를 벌인다. 희극에서는 극의 말미에 모든 사람들을 하나로 화합시키며 벌어지는 축제의 향연이 여기서는 죽음의 잔치로 바뀐다. 로젠크란츠와 길든스턴의 죽음 소식도 거기에 더해진다. 두 사람은 비록 다른 장소에서 죽었지만 그들의 죽음은 이 무대에 속한다. 이들의 죽음을 주제로 톰 스토파드는 새 극작품도 쓴다.

포틴브라스 역시 또 다른 죽음의 잔치인 전쟁터에서 오는 길이다. 호레이쇼는 포틴브라스에게 "왕자님은 폴란드 전쟁에서(You from the Polack War)", 사신들에게는 "여러분은 영국에서(You from England)" 온다고 말함으로써 두 죽음의 무대를 하나로 묶는다. 이들은 모두 제때에 잔치에 참여한 것이다. 극 초반부에서 거트루드 왕비가 남편이 죽자마자 벌였던 혼인잔치는 이제 죽음과 더불어 끝을 맺는다. 호레이쇼는 포틴브라스에게 단을 세워 시신들을 올려놓도록 명을 내려달라고 요청한다. 그리고 어떻게 이런 참변이 일어났는지를 자신이 설명할 수 있게 허락해달라고 말한다.

"So shall you hear of carnal, bloody and unnatural acts."

(그리하여 왕자님께서 이 음탕하고 잔인하며 천륜을 어긴 행위를 들으실 수 있도록.)

이는 클로디어스가 저지른 간음, 살인, 근친상간의 범행을 말한다. "우연의 처벌(of accidental judgements)"은 오필리어의 죽음을 가리키고, "우발적인 살인(casual slaughters)"은 폴로니어스의 죽음을 말한다. 또 "간계와 술책으로 빚어진 죽음(death put on by cunning and forced cause)"은 로젠크란츠와 길든스턴의 죽음을 의미하고, "일을 꾸민 자 자신의 머리 위에 떨어진 빗나간 목표(purposes mistook, fallen on the inventor's head)"는 방금 마지막 장에서 우리가 본 내용을 가리킨다. 호레이쇼는 이 모든 것들에 대한 진실을 전달하겠노라고 말한다.

그러자 포틴브라스는 왕국에 대한 자신의 권리를 상기시킨다. 호레이쇼는 그 문제에 대해서도 말을 하겠다고 밝힌다. 그는 이 모든 일들을 신속하게 규명하여, 덴마크의 혼란스런 상황을 빨리 마무리 짓도록 포틴브라스에게 요청한다.

엘리자베스시대의 무대에는 커튼이 내려오지 않았던 탓에 무대 위에 널브러져 있는 시체들을 어떤 식으로든 사라지게 만들 필요가 있었다. 이는 특히 주인공에게 해당되는 문제였다. 시체가 되어 넘어져 있던 주인공이 박수갈채 속에 갑자기 바닥에서 일어선다면 우스꽝스러운 장면이 연출될 것이기 때문이다. 이런 이유로 햄릿의 주검은 전쟁터에서 죽은 전사처럼 네 명의 장교에 의해 떠받쳐진 채 무대를 떠난다. 이는 햄릿의 명예로운 죽음을 강조하는 효과도 있다. 다른 주검들도 이런 방식으로 무대에서 퇴장한다. 이에 대해 포틴브라스는 다음과 같이 말한다.

"이 같은 광경은 전장에나 어울리지 이곳 궁전에는 흉하구나."

포틴브라스는 군복을 갖춰 입은 차림으로 「햄릿」의 마지막 부분에 등장하여 극중 인물들의 비극적인 죽음을 장엄하게 마무리한다. 전쟁터에서 막 돌아온 지휘관으로서 침착하게 뒤처리를 명령하는 모습은 그가 이런 역할을 맡기에 적임자임을 보여준다. 그는 햄릿에게 전사로서의 예를 올리도록 지시한다.

"Let four captains bear Hamlet like a soldier to the stage. For he was likely had he been put on to have proved most royally. And for his passage the soldiers' music and the rites of war speak loudly for him!"

(네 명의 부대장이 전사의 예를 갖추어 햄릿을 단상으로 운반하라. 그는 보위에 올랐더라면 보기 드문 군주가 되었을 인물이다. 그리고 그의 죽음을 애도하는 군악과 군례를

소리 높여 울리도록 하라!)

작품은 햄릿의 명예가 공식적으로 회복되었음을 알리는 조포 소리와 함께 끝을 맺는다. 이때 우리는 햄릿의 이야기가 계속해서 후대에 전해지리라는 암시를 받는다. 이와 함께 작품은 다시 시작으로 돌아간다. 시작과 끝은 마치 삶과 죽음처럼 서로 결합되어 있다. 삶의 끝에서 삶의 이야기가 다시 시작된다. 말하자면 재판再版이 나오는 것이다. 이제 주인공이 살아 있는 동안 끊임없이 찾으려 애썼던 의미가 복구된다. 그리고 죽음 안에서 비로소 삶의 의미가 채워진다는 성찰도 확인된다. 「햄릿」에서 미리 보여준 죽음은 닫혀버린 삶의 의미에 대한 성찰이다. 그리고 그것은 이야기 속에서 비로소 채워진다. […] 극의 종말에 최후의 심판이 열린다.

🍃 햄릿의 주요 표제어

1. 연출

「햄릿」은 셰익스피어의 희곡 중 제일 긴 작품이다. 그래서 보통 2~3시간 정도 걸리는 저녁공연으로 만들어지기에 적합하지 않다. 이런 이유 때문에 이 작품은 셰익스피어 당대 이후로는 완전한 공연이 거의 이루어지지 못했다. 포틴브라스의 이야기가 가장 단골로 빠졌는데, 그에 따라 그의 군대가 행군하는 모습을 보고 햄릿이 읊는 독백도 함께 삭제되어야 했다. 그러면 극은 대개 "남은 것은 침묵일 뿐"이라고 말하는 햄릿의 마지막 대사와 함께 막을 내렸다. 버봄 트리 Berbaum-Tree 같은 연출가는 더욱 과감하게 극을 호레이쇼의 다음 대사로 끝맺기도 한다.

"Flights of angels sing thee to thy rest."

(천사들의 노래 소리 들으며 안식처로 가소서.)

이 대목에선 대개 천사들의 합창이 은은하게 울려 퍼진다. 멀리서 가벼운 메아리와 함께 "Good night, sweet Prince"라는 노랫소리가 들려오면 객석은 울음바다로 변한다.

삭제의 위협에 자주 시달리는 또 다른 대목으로는 노르웨이로 떠나는 사신들, 폴로니어스의 비밀염탐꾼 레이날도, '곤자고의 살해'의 무언극, 마셀러스와 유령의 긴 대사 등이다. 1899년에 가서야 「햄릿」의 무삭제판 공연이 처음으로 다시 무대에 올랐다. 그때는 '극중극'이 끝난 뒤 잠시 휴식시간이 주어졌다.

햄릿 역은 모든 배우들에게 선망의 대상이었다. 그것은 자신의 능력을 증명할 수 있는 시금석이자 인생 최대의 도전이기도 했다. 햄릿의 대사는 전체 분량의 40%에 육박하기 때문에―이건 정말 엄청난 양이다―양적으로도 가장 큰 배역에 속한다. 이런 까닭에 초창기의 개릭과 에드먼드 킨을 비롯하여 헨리 어빙, 그리고 영화를 통해 잘 알려진 로렌스 올리비에, 피터 오툴, 알렉 기네스, 존 길구드, 데릭, 케네스 브래너 등에 이르는 20세기의 명배우들이 햄릿을 연기하였다. 심지어는 사라 베르나르, 아스타 닐센 같은 여배우들이 햄릿 역에 도전하기도 했다. 이들 버전에서 햄릿은 남장 여자로 호레이쇼를 사랑한다. 독일에서는 바서만, 막스 라인하르트, 구스타프 그륀트겐스 등이 햄릿으로 유명하다.

2. 비평

햄릿에 대한 최초의 비평은 익명으로 1736년에 발표된 'Some Remarks on the Tragedy of Hamlet(햄릿 비극에 관한 몇 가지 의견)'이다. 오늘날 이 글은 토머스 헨머Thomas Henmer의 것으로 추정되고 있다. 이 글이 발표되기 전까지만 해도 관객이나 독자들 중에 햄릿이 지나치게 복수를 주저한다고 비난하는 사람은 아무도 없었다. 이때부터, 소위 감성의 시대에 들어서면서부터 비로소 사람들은 햄릿의 예민한 감수성과 세계고世界苦에 주목하기 시작한다. 하지만 헨머가 비평에서 문제 삼은 것은 햄릿이 주저하는 이유가 아니라 그와 같은 망설임이 없었다면 극이 훨씬 빨리 끝날 수 있었으리라는 사실이다.

괴테에 와서야 우리는 비로소 저 '아름다운 영혼', 아비의 유령이 부과한 복수의 사명에 짓눌려 고통스러워하는 저 순수하고 고귀하며 도덕적인 성품을 만나게 된다. 그때부터 사람들은 계속해서 새로운 이유들을 찾아내기 시작했다.

브래들리Bradley 같은 비평가는 심지어 햄릿이 선뜻 행동에 나서지 못하는 이유가 어머니의 타락이 만천하에 드러날 것을 우려한 탓이라고 추측하기도 한다. 브래들리는 빅토리아시대 사람이었으니 그럴 만도 하다.

프로이트의 제자인 어니스트 존스Ernest Jones는 햄릿의 오이디푸스 콤플렉스에 책임을 돌린다. 햄릿은 그 자신이 원하던 행동, 즉 오이디푸스처럼 아버지를 살해하고 어머니와 동침하는 것을 그의 삼촌이 실행에 옮기는 것을 지켜보았다. 그 때문에 그는 클로디어스를 쉽사리 죽일 수가 없다. 그가 그러려고 할 때마다 내부의 무의식적 소망에 압도당하는 것이다.

현대 영미문학의 최고 시인이자 비평가인 T. S. 엘리엇은 이 작품이 실패작이라고 평한다. 셰익스피어가 주인공의 과도한 감정을 현실과 객관적으로 결합시키는 데 실패했다는 것이 그 이유다.

등장인물에 대한 심리학적 비평이 한창 기승을 부리면서 사람들은 셰익스피어의 작품들이 드라마라는 점, 대화를 통한 커뮤니케이션과 극적 상황에 기초하여 이야기를 풀어가는 작품이라는 점을 잠시 잊어버렸다. 그 대신 그것을 마치 상징주의 시처럼 다루면서 셰익스피어의 은유와 순수한 이미지 세계를 분석하는 데 열을 올렸다. 이와 더불어 작품 자체에 대한 학자들의 무책임한 태도도 확산되었다.

이를 가리던 베일이 벗겨진 것은 1960년대에 들어서다. 폴란드의 비평가 얀 코트Jan Kott의 책『우리 시대의 셰익스피어(Shakespeare, our contemporary)』는 셰익스피어 작품의 해석 경향을 순식간에 바꿔놓았다. 그는 연출가 피터 브룩Peter Brook과도 긴밀한 공동작업을 진행한 바 있다. 코트는 우리들에게 정치적 셰익스피어와 정치적「햄릿」을 보여주었다. 그에게 셰익스피어의 등장인물들은 항상 주체가 아니라 객체들이다. 그들은 자신이 선택하지 않은 역할을 연기해야만 한다. 그들은 권력의 거대한 메커니즘 안에서 돌아가는 톱니바퀴에 불과하다. 이로써 코트는 연극의 본래적 상황에 접속한다. 그들은 한 편의 작품을 만들고자 할 뿐이다.

"당신은 왕을 맡아요."

연출자는 배역을 결정한다.

"당신은 오필리어, 그리고 당신은 레어티즈."

이것은 저항집단이 암살을 모의하는 것과 비슷하다.

"넌 저기 모퉁이에 서 있다가 차가 오면 수건을 흔들어. 그리고 너는 Z에게로 가서 탄약상자를 가져오고⋯⋯."

실제로 셰익스피어의 시대에는 정치를 도덕에서 독립하여 자기만의 법칙을 따르는 고유한 영역으로 인식하기 시작한다. 마키아벨리는 정치를 도덕이 아닌 기술로 설명한 최초의 인물이다. 이와 같은 시각은 정치 안에서 도덕이 갈등과 대립을 더욱 첨예화시킴으로써 비도덕적인 역할을 할 수도 있다는 생각을 처음으로 가능하게 만든다. 도덕을 표방하는 사람은 대개 자신은 도덕적이고 적은 비도덕적이라고 본다. 이런 태도로는 갈등을 푸는 것이 불가능하다. 이와 같은 생각은 셰익스피어의 동시대인으로서 오늘날에도 여전히 강한 영향력을 행사하는 한 사상가의 작품에서 핵심적인 주제를 이룬다. 그것은 바로 토머스 홉스의 『리바이어던 Leviathan』이다. 홉스는 그래서 양심을 정치의 영역에서 제외시키고 사적인 영역에서만 간직하도록 권한다. 그렇게 할 때만 그가 가장 우려하는 사태, 즉 신앙 문제로 인한 내전 사태를 방지할 수 있기 때문이다. 하지만 그의 경고에도 불구하고 얼마 후 그와 같은 종교전쟁이 벌어져 독일은 죽음의 폐허가 되어버린다.

3. 범죄와 비극

비극은 사회적 위기와 속죄양에 대한 박해의 상관성을 표현한다. 둘의 상관성은 항상 사회적 금기를 손상시키는 범죄를 통해서 생겨난다. 강간, 근친상간, 야만, 최고의 권위인 왕에 대한 폭력 등 금기를 어긴 범죄들은 문화적 질서의 근간을 뒤흔들고, 사회구성의 원리인 위계를 해친다. 더 정확히 말하면 그런 범죄는 모든 차이를 없애고 질서를 해체하여 사람들을 무정형성과 덧없음의 환상 속으로 빠져들게 만든다. 그래서 셰익스피어의 비극에는 타락, 부패, 질병, 수렁, 독초, 폐허, 야만 등이 넘친다.

셰익스피어의 극이 그토록 강한 감동과 영향을 주는 이유는 그것이 개인의 행위에 담긴 우주적 작용력을 우리 눈앞에 펼쳐 보이기 때문이다. 강한 수사적 암시를 통해서 셰익스피어는 하잘것없는 개인과 막강한 위용을 자랑하는 사회 사이의 결합을 성공적으로 이루어낸다. 그는 사회를 하나의 신체로 상상한다. 그래서 그의 작품에서는—「햄릿」에서도 볼 수 있듯이— 독살이 주된 범행수단이 된다. 혼자 힘으로 사회 전체를 파괴하려면 악당은 연쇄반응을 일으킬 수 있어야 한다. 그러려면 강한 독이 필요하다. 그래야 작은 양으로 엄청난 폭력을 초래할 수 있다. 단 몇 방울로도 대량살상이 가능해야 하는 것이다.

르네상스는 연금술의 시대다. 동시에 집단공포, 유대인 학살, 속죄양 의식, 마녀사냥 등이 판치던 시대이기도 하다.

당시의 여성혐오증은 셰익스피어의 비극에도 흔적을 남긴다. 햄릿의 섹스혐오는 그 대표적인 예다. 그것은 암울한 뒷맛을 남긴다.

4. 예술과 기억

예술과 기억은 중복의 원리를 공유한다. 예술은 새로운 세계를 창조하는데, 우리는 이 세계를 현실 세계와 비교함으로써 항상 동일하게 머무는 것을 인식할 수 있다. 정원에 있든 화폭 안에 있든 장미는 장미다. 여기서 동일한 것은 형식이다. 이것이 우리에게 인식되어 기억에 담기는 것이다. 따라서 형식은 본질로서 파악된다.

기억은 죽은 것과 결합된다. 기억에 관한 기원신화는 이런 사실을 확인시켜준다. 뮤즈들은 어머니 므네모시네의 품에서 흘러나오는 사자死者의 지혜가 담긴 물에서 그네들의 지식을 얻는다. 하지만 므네모시네의 바다는 망각까지도 담고 있다. 따라서 기억은 엄격한 의미에서 힘겨운 기억술을 통해서, 다시 말해서 의식적인 노력을 통해서만 유지될 수 있다.

기억술은 바다같이 광대한 므네모시네의 기억과 달리 문화적이고 인위적인 이미지의 세계, 특히 문자, 서적문화, 건축 등과 밀접하게 결합된다. 문자의 발명과 인쇄술의 발명을 통해서 기억은 마치 양서류처럼 광활한 바다를 벗어나

육지로 기어오른다. 인쇄술이 발명되기 전까지 사람들은 지식을 정리하기 위해 기억체계를 발전시켰다.

기억체계는 모든 좋고 나쁜 행실에 제자리를 부여한 단테의 지옥과도 같다. 베르길리우스가 단테에게 이 박물관을 안내해주는 것 역시 일종의 중세적 '기억술(ars memoriae)'이다. 기억술은 기억장소들을 현실적이고 공간적으로 투사하여 보여주는 것이다. 우리는 집이나 아케이드의 안뜰과 같은 일련의 기억장소들에 의지해서 무엇을 기억 속에 담는다. 기억하고픈 내용이 있으면 그것의 이미지를 아케이드 안에 놓아두고서 그것을 기억하고 싶을 때마다 아케이드의 안뜰을 거닐며 정신의 산책을 한다. 마치 단테가 지옥을 둘러보듯이 말이다.

기억력은 흔히 '보물창고'에 비유된다. 사물은 말보다 기억하기 쉽다. 따라서 말은 이미지로 교체되어야 한다. 그런데 기억술의 교과서라 할 '아드 헤렌니움Ad Haerennium'에 보면 대단히 흥미로운 예시문을 발견할 수 있다. 그것은 유산 문제로 친척을 독살한 남자를 법정에서 변호한다고 상상하도록 독자들에게 주문하고 있다.

그에 속한 기억 이미지는 다음과 같다. 독살된 희생자가 침대 위에 누워 있고 그 곁에는 살인범이 있다. 살인범은 오른손에는 독배를, 왼손에는 메모판을 들고 있고, 왼손 손가락에는 염소의 불알(testiculi)이 매달려 있다. 여기서 독배는 살인을, 메모판은 유언을 기억하게 만든다. 그리고 염소

불알은 그 발음이 'testes'('증인'을 뜻하는 라틴어. —옮긴이)와 비슷한 관계로 증인을 기억하게 만든다.

이와 같은 기억방식은 「햄릿」의 '무언극'에서 사용된 극적 기억술과 매우 비슷하다. 햄릿의 모든 극적 요소들이 여기에도 다 있다. 살인범, 독배, 잠든 왕, 유산을 뜻하는 그의 왕관 그리고 이 모든 것의 증인으로서 메모판을 들고 있는 햄릿까지. 기억술에 관한 책들을 보면, 기억의 이미지들이 극적이고 강한 정서적 인상을 줄수록 오래도록 잘 유지된다고 이구동성으로 강조한다. 기억술은 중세를 거치는 동안 체계화되고 종교적, 윤리적, 우주론적으로 확장되었다. 영혼은 이제 천국과 지옥을 기억하고 이승에서의 과거를 기억할 수 있게 된다. 이로써 기억(memoria)은 지능(intelligentia), 분별(prudentia)과 함께 지혜의 3대 요소로 자리 잡는다. 그것은 과거와 현재와 미래를 모두 아우르는 지혜다.

"네 소망하는 바가 천국을 향하게 하고, 현재는 덕성을 쌓는 데 사용할 것이며, 항상 지옥을 생각하라!"

이는 단테가 기억체계를 지옥, 연옥, 천국으로 나눈 것과 일치한다. 인쇄술의 발명은 기억술을 불필요한 것으로 만들어버린다. 인문주의자들은 더 이상 기억술을 신뢰하지 않는다. 그리고 데카르트나 베이컨 같은 신자연철학자들은 기억술을 대상의 관찰, 근거에 대한 성찰과 환원, 제1원리로서의 연역 등으로 대체한다. 이런 변화는 기억술을 야만적 사고의 제물로 바친다. 그것은 이제 신플라톤주의의 정신에서 다시 부활한다. 새로운 기억술은 「포스터스 박사(Doctor Faustus)」(파우스트 전설을 소재로 하여 씌어진 크리스토퍼 말로의 대표작. -옮긴이)나 「템페스트(The Tempest)」 등의 작품들이 보여주는 것처럼 모호한 지혜와 예술, 신비적 원시자연과학이 뒤섞여서 낳은 사생아다. 천체의 별자리 체계와 인간적 소우주 사이의 일치에 근거하여 기억술은 마법으로 바뀐다. 한때 단순히 기억술에 의지하여 시간의 대양에서 올바른 방향을 찾아가기 위한 조타장치였던 동양의 달력은 별들의 영향력에 기초한 마법적 체계가 되었다. 토성(Saturn)은 땅과 시간과 멜랑콜리의 지배자가 된다.

5. 토성과 멜랑콜리

토성은 땅의 행성이자 시간의 행성이다. 고대신화에서 크로노스, 즉 시간은 자기 자식들을 모두 잡아먹는다. '모든 것을 집어삼키는 시간(tempus edax rerum).' 시간은 역설적이다. 시간은 모든 것을 생겨나게 하지만 또한 모든 것을 집어삼킨다. 토성은 이런 이중성을 그대로 흉내 낸다. 토성은 멜랑콜리를 상징하는데 이 멜랑콜리 또한 역설적이다. 멜랑콜리는 나태와 둔감을 낳지만, 다른 한편으로는 지성과 관조의 힘을 내부에 지니고 있다.

멜랑콜리는 우수와 도취를 결합시킨다. 이는 토성의 이원성과 일치한다. 질적으로 토성은 차고 건조하며 성분이 혼탁한 별이다. 하지만 토성은 행성 중에서 가장 으뜸가는 위치를 차지한다. 그래서 인간의 영적 특성에 상응하는 행성으로 간주된다. 토성에 대한 외경심은 별 숭배의 정점에 자리 잡고 있다. 달의 지배자, 그리스의 '시간의 신', 로마의 '들판의 악령' 등은 모두 죽음의 이미지를 띤다. 큰 낫을 든 죽음.

르네상스 시대에는 토성의 영적 능력을 이용하여 광기에서 벗어나는 방법에 대한 진지한 연구도 이루어졌다. 그 대표적인 예가 피렌체 출신의 피치노Ficino가 쓴 '멜랑콜리아 에로이카melancholia heroica'다. 자기 정신을 탐구하고 자아성찰에 몰두하는 햄릿의 행위도 이와 같은 맥락에서 이해해볼 수 있다. 이때 토성은 더 없이 고귀한 탐구의 보호자가 되어준다.

멜랑콜리에 자주 따라다니는 소품 중에 잠자는 개가 있다. 우리는 그것을 뒤러의 판화에서도 볼 수 있다. 잠든 개는 멜랑콜리에 빠진 사람의 심적 상태와 연상적으로 결합된다. 개가 꿈을 꾼다는 것은 잘 알려진 사실이다. 멜랑콜리에 빠진 사람도 잠든 듯 깊이 침잠한 상태에서 통찰을 얻는다. 무언가를 골똘히 생각하는 그의 시선은 항상 아래쪽을, 땅을 향하고 있다. 흙은 4원소 중 멜랑콜리와 결합된 원소다. 이런 맥락에서 햄릿이 대면하는 악령은 땅의 정령이다. 그는 그 악령을 "두더지 영감"이라고 부르기도 한다. 그리고 바로 이런 멜랑콜리 속에 7대죄 중의 하나인 '나태(acedia)'가 깃들어 있다. 마음의 나태는 군주에게는 무서운 위협이다.

궁정에는 항상 반역이 거주한다. 영원히 지속되는 것은 하나도 없다. 정조를 지키지 않는 것은 반역이나 다름없다. 부정不貞의 배신은 결국 시간의 배신이다. 그것은 모든 낡은 것을 내던지고 항상 새것을 향한다. 그래서 노왕은 빨리 잊혀지고, 사람들은 새 왕에게 환호한다.

"The King is dead, long live the King!"

(국왕은 죽었다, 국왕 만세!)

멜랑콜리에는 이 모든 이미지들이 담겨 있다. 그리고 유럽 문학에서 멜랑콜리를 가장 위대하게 형상화하는 인물이 바로 햄릿이다.

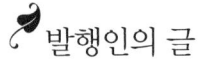

발행인의 글

'셰익스피어, 그리고 그를 문화적 기념비로 만든 모든 것'—
이것은 디트리히 슈바니츠가 『교양, 사람이 알아야 할 모든
것』과 『남자, 지구에서 가장 특이한 종족』을 발표한 직후부
터 작업을 시작한 그의 새 책에 붙이려던 제목이다. 그 안에
는 윌리엄 셰익스피어의 전(!) 드라마에 관한 해설뿐만 아
니라, 그의 작품에 담겨 있는 수많은 은유와 복선과 다의성
에 대한 설명과 해석도 담길 예정이었다.

앞서의 작업들과 마찬가지로 본격적인 집필에 들어가기
전에 작가는 오랜 조사와 숙고의 시간을 거쳤다. 수많은 대
화를 통해 슈바니츠는 자신의 주제에 점점 다가섰고, 최선
의 접근 방식과 최적의 글쓰기 방식을 찾아냈다. 돌이켜보
면 이런 대화의 내용들이 기록으로 남겨지지 않은 점이 안
타깝기 짝이 없다. 슈바니츠는 정말로 자유분방한 대화의
대가였기 때문이다. 그가 즉흥적으로 쏟아내는 말들은 대
부분 그대로 엮어서 책으로 내기에도 부족함이 없는 것들이
었다.

그 다음 단계로 텍스트를 구술하고 이를 받아 적는 작업
이 이루어졌다. 본격적인 글쓰기의 토대가 되는 중요한 작
업이다. 이렇게 기록된 원고는 작가에 의해 여러 차례의 수

정과 삭제와 덧쓰기를 거쳐 출판 심사를 위한 초고로 탈바꿈된다.

본 텍스트는 이와 같은 과정을 모두 다 거치지 못했다. 이 것은 여러 개의 녹음테이프에 담긴, 아직 1단계 작업도 끝마치지 못한 음성원고의 일부다. '햄릿'은 디트리히 슈바니츠가 구술을 끝까지 마치고 여직원이 정서까지 끝낸 유일한 원고다. '햄릿' 외에도 '리어왕', '베니스의 상인', '말괄량이 길들이기' 등, 전체 드라마에 해설을 곁들여 이야기 식으로 재구성한 작품이 몇 편 더 있지만, 모두 중간 중간 빈 곳이 많은 미완의 단편에 불과하다.

출판사와 슈바니츠의 유족은 세심한 검토를 거친 끝에, 이 미완의 단편들을 보완하여 발표하려는 노력은 포기하고, '햄릿' 텍스트만 작가가 구술한 상태를 가능한 한 원형 그대로 보존하는 방식으로 편집하여 출간하기로 결정했다. 따라서 처음의 제목도 '셰익스피어의 햄릿, 그리고 이 작품을 문화적 기념비로 만든 모든 것'으로 변경했다.

하지만 다행스럽게도 이 '햄릿' 텍스트에는 슈바니츠가 셰익스피어에 대해 말하고자 했던 많은 내용들이 집약되어 담겨 있다. 따라서 다른 희곡들에 대한 원고는 이 텍스트보다 분량이 훨씬 짧았을 것이 틀림없다. 그럼에도 햄릿의 분량으로 보아 책이 원래 의도대로 완성되었다면 상당히 방대한 규모가 되었을 것이다. 이런 엄청난 분량 때문에 아마도 슈바니츠는 셰익스피어 책의 집필 작업을 빈번히 중단하고 다른 작업에 매달려야 했던 것으로 보인다. 그는 죽기 몇 달 전까지도 다른 프로젝트를 병행하여 진행하고 있었다. 하지만 슈바니츠가 이 텍스트를 가지고서 최종적으로 어떤 모습의 책을 완성시키려 했는지는 추측만이 가능할 뿐이다.

이제 우리는 디트리히 슈바니츠의 방대한 셰익스피어 프로젝트가 남긴 단편들을 가지고서 한 권의 책을 만들어 독자 앞에 내놓는다. 비록 완결성은 떨어지지만 저자가 셰익스피어의 광활한 우주를 여행하여 도달하고자 했던 것, 이 "작가 중의 작가"에 대한 생생한 조망을 제시하기에는 충분하리라 믿는다. 이 책에서 슈바니츠는 모든 피상적인 현대성을 뛰어넘어 셰익스피어의 작품을 우리들의 문화적 기념비로 경험할 수 있도록 만들어준다.

편집 후기

이 책은 출간에 앞서 몇 가지 가벼운 손질을 거쳐야 했다. 디트리히 슈바니츠가 셰익스피어의 본문을 인용할 때 많은 부분 기억에 의존한 탓에 군데군데 부정확하거나 틀린 부분이 눈에 띄었다. 이때 명백한 오류나 빠진 곳은 첨삭을 가했다. 내용을 더 이상 복구할 수 없거나 명백히 이야기가 건너뛴 곳, 줄거리가 일치하지 않는 부분 등을 보완, 수정하기도 했다.

원문의 독일어 인용은 슈바니츠 자신이 직접 번역하거나

슐레겔/티크의 표준번역본을 따랐다. 특히 경구의 형태로 널리 알려진 구절—예를 들어 햄릿의 유명한 독백 등—은 표준번역본에서 인용하였다. 자신이 직접 번역한 부분에서 슈바니츠는 가능한 한 원문에 가깝게 번역하려 노력하였지만 의역도 마다하지 않았다.

텍스트에 군데군데 빈 곳이 발생한 데는 여러 가지 이유가 있다. 많은 경우 녹취의 기술적 문제로 (즉 잦은 멈춤과 되감기 사용으로) 단어나 문장을 이해할 수 없게 되었고, 테이프가 손상된 부분도 있었다. 하지만 작가 자신의 수정이나 보완을 기대할 수 없으므로 빈 곳은 그대로 남겨두는 방식으로 편집하였다.

나머지 문장부호와 줄 바꿔 쓰기, 따옴표와 작은따옴표의 사용 등은 구술텍스트에는 따로 표시되지 않았지만 편집자가 의미에 맞게 삽입하였다.

텍스트를 정리해주신 안젤라 덴첼 양과 인용문을 감수, 교정하고 셰익스피어 번역을 검토해주신 베레나 브레머 양에게 발행인으로서 고마움을 전하고 싶다. 그리고 이 유작을 세상에 발표하도록 허락해주신 슈바니츠 가의 유족 분들께 깊은 감사를 드린다.

2006년 7월, 프랑크푸르트

지은이 **디트리히 슈바니츠** Dietrich Schwanitz

1940년생이다. 뮌스터, 런던, 필라델피아, 프라이부르크 대학 등에서 문학 역사 철학을 두루 공부했다. 1997년까지 함부르크 대학 영문학과 교수로 재직하였고, 다수의 문학작품과 교양서를 발표하여 저술가로서도 이름을 날렸다. 『영국문화사(Englische Kulturgeschichte)』『샤일록 신드롬(Das Shylock-Syndrom)』『유럽사(Die Geschichte Europas)』『교양: 사람이 알아야 할 모든 것(Bildung: Alles, was man wissen muß)』『남자: 지구에서 가장 특이한 종족(Männer: Eine Spezies wird besichtigt)』, 장편소설 『캠퍼스(Der Campus)』『서클(Der Zirkel)』 등의 책을 썼다. 2004년 12월에 생을 마감했다.

옮긴이 **박규호**

서강대학교 독어독문학과를 졸업하고 독일 에어랑엔−뉘른베르크 대학에서 독문학, 연극영화학, 철학 석사과정과 박사과정을 수료했다. 현재 전문번역가로 활동 중이다. 『손이 지배하는 세상』『권력과 책임』『에리히 프롬과 현대성』『철학이라는 이름의 약국』『목마른 영혼의 외침, 존 레논』『사람이 알아야 할 모든 것, 인간』『아버지와 돼지 그리고 나』『클링조르를 찾아서』 등의 책을 옮겼다.

Alles, was man wissen muß

BILDUNG 교양
사람이 알아야 할 모든 것

디트리히 슈바니츠 지음 | 인성기 외 옮김 | 768쪽 | 양장본 | 값 35,000원

잃어버린 교양의 세계를 그리워하는 사람들을 위하여!

슈바니츠에게 교양이란 남에게서 배우는 것이 아니라 스스로 획득해야 하는 그 무엇이다. "학교에서 배우는 내용이 죽은 지식처럼, 자기의 삶과는 아무 상관없는 무미건조한 사실의 나열처럼 여겨져 절망감을 느껴본 사람, 학창시절의 부정적 경험이 뇌리에 깊이 남아 있어 우리 문화의 풍요로움을 뒤늦게 발견하고 눈을 비비게 되는 사람, 자기의 생생한 감각기관으로 유물처럼 진열된 모든 교육 쓰레기를 받아들이기를 거부하는 사람, 우리 문화에 대한 지식에 입문함으로써 자신의 삶을 풍요롭게 하고 문명의 대화에 참여할 필요성을 느끼는 사람"들에게 이 책은 친절한 교양 길잡이가 될 수 있다.

– 유시민 ('추천의 글' 중에서)

마케팅 031) 955-7374 · 편집 031) 955-7381 · www.ddd21.co.kr 들녘